How To Pronounce Knife

HOW TO PRONOUNCE KNIFE: Stories
by Souvankham Thammavongsa

나이프를 발음하는 법

수반캄 탐마봉사 소설
이윤실 옮김

문학동네

여기에 있어주었던

엄마와 아빠와 존에게

차례

일러두기

1. 주석은 모두 옮긴이주다.
2. 본문 중 고딕체는 원서에서 이탤릭체 등으로 강조한 부분이다.

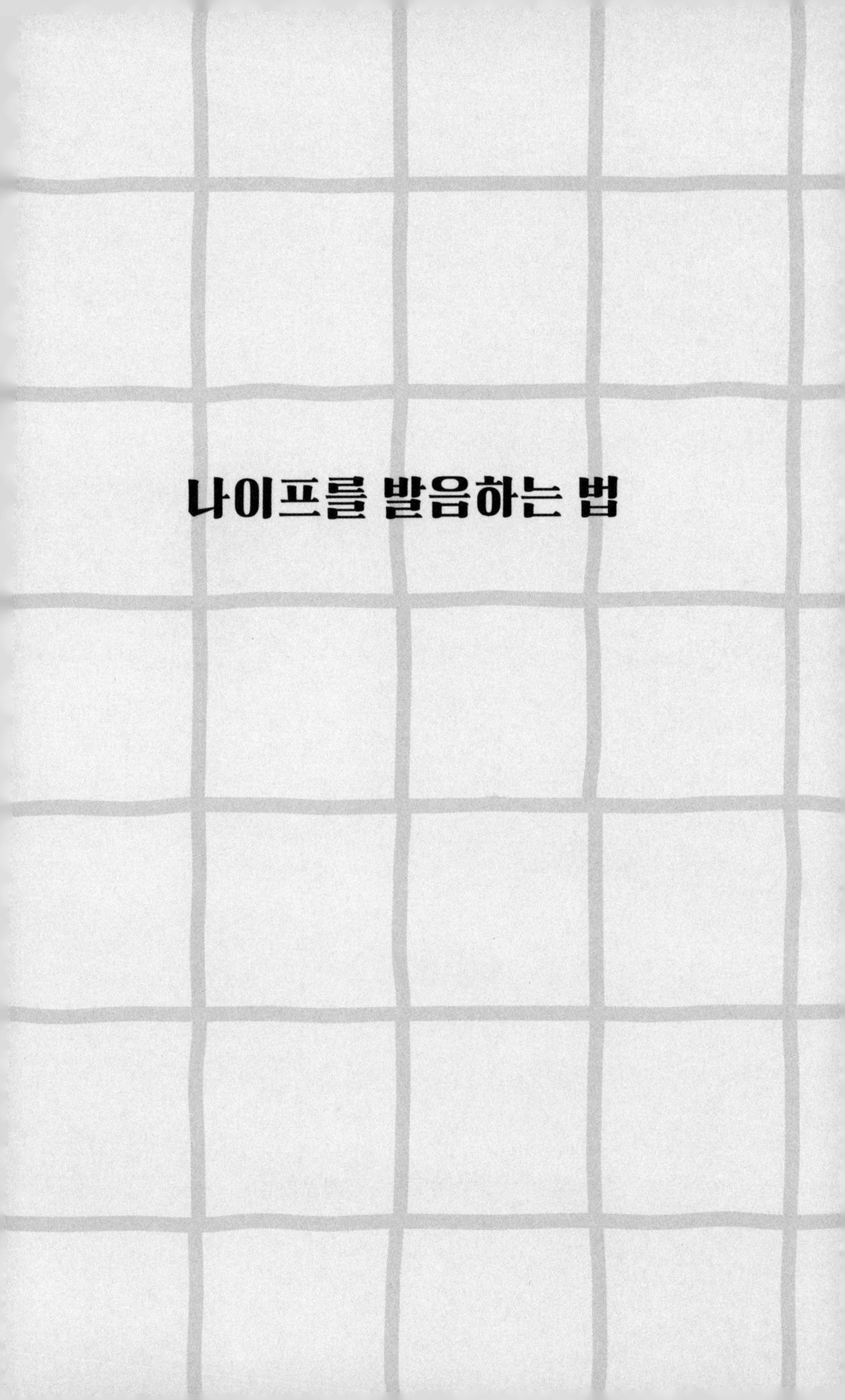

나이프를 발음하는 법

타이핑해서 두 번 접은 쪽지는 아이의 가슴팍에 핀으로 고정되어 있었다. 못 보고 지나칠 수가 없었다. 딸아이와 함께 집으로 온 다른 모든 쪽지와 마찬가지로, 아이의 엄마는 핀을 뽑은 뒤 쪽지를 버렸다. 중요한 내용이라면 집으로 전화가 왔을 터였다. 그런 전화는 온 적이 없었다.

가족은 방 두 칸짜리 작은 아파트에 살았다. 안방 벽에는 한가운데에 굽이진 갈색 길이 그려진 작은 그림이 걸려 있었다. 갈색 길은 다리가 되고, 그 주변에 붓으로 가볍게 칠한 빨강색과 주황색 얼룩들은 나무가 될 부분이었다. 아이 아빠가 그렸지만 이젠 더이상 그리지 않았다. 퇴근 후면 그는 언제나 신발을 가장 먼저 벗어던졌고 뒤이어 아이에게 신문을 건넸다. 그러면 아이는 신문지를 정사각형 모양으로 바닥에 펼쳤고, 온 가족이 그 주변에 둘러앉아 저녁을 먹었다.

저녁 메뉴는 양배추와 돼지 곱창이었다. 정육점 주인은 내장을 버리거나 헐값으로 진열대에 내놓았기에, 아이의 엄마는 그걸 잔뜩 사서 냉장고에 보관했다. 요리법은 아주 다양했다. 생강과 국수를 넣어 수프로 끓이기, 숯불에 굽기, 신선한 딜*을 넣고 뭉근하게 끓이기. 아이가 가장 좋아하는 방식은 소금을 뿌리고 레몬그라스를 올려 오븐에 굽는 것이었다. 아이가 곱창 요리를 학교에 가져가면 다른 아이들이 냄새난다며 놀리곤 했다. 아이는 쏘아붙였다. "얼굴에 곱창 200파운드가 떨어져도 너희는 고마운 줄도 모를 거다!"

저녁식사 자리에 모여 앉자 아이는 엄마가 버린 쪽지들을 떠올리고 하나를 아빠한테 가져가볼까 생각했다. 지난주에 가져온 쪽지도 정말 많았으니 어쩌면 중요한 내용일지도 몰랐다. 아이는 아빠가 자신의 월급과 친구들, 그들이 새로운 나라에서 어떻게 생계를 꾸려나가고 있는지 걱정하는 걸 들었다. 라오스에서는 좋은 교육을 받고 탄탄한 직장에 다녔던 아빠의 친구들이 지금은 지렁이 잡는 일을 하거나 여드름 난

* 허브의 일종.

십대들 밑에서 일한다고 했다. 그들은 그때까지 살아온 삶은 없었던 양 모든 걸 처음부터 다시 시작해야 했다.

아이는 자리에서 일어나 쓰레기통에서 쪽지를 찾았다. 그리고 그걸 아빠에게 건넸다.

아빠는 손사래를 치며 쪽지를 밀어냈다. "나중에." 그는 라오어로 말했다. 그런 다음 중요한 게 기억난 듯 덧붙였다. "라오어 쓰지 마라. 네가 라오스인인 걸 아무한테도 말하지 말고. 어디서 왔는지 말해서 좋을 게 없어." 아이는 아빠의 가슴 한가운데를 보았다. 티셔츠에 알파벳 네 자가 나란히 적혀 있었다. LAOS.

며칠 뒤, 교실에 소동이 일었다. 여자아이들이 전부 서로 다른 분홍색 옷을 입고 나타났고 남자아이들은 짙은 색 정장에 작은 넥타이를 매고 있었다. 1학년 담당인 미스 초이 선생님은 흰색 잔꽃무늬가 점점이 박힌 보라색 원피스에 굽이 낮은 구두 차림이었다. 아이는 자신의 초록색 운동복을 내려다보았다. 브로콜리처럼 어두운 초록색인데, 무릎 부분은 색이 조금 바랬고 똑바로 일어서 있을 때도 튀어나왔다. 분홍과 반짝이와 그에 어울리는 핸드백들, 그리고 검은색 나비넥타이와 판판하게 다려진 옷깃의 광경 속에서, 아이는 자신이 남들과 다르다는 걸 깨달았다.

언제나 교실을 유심히 살피며 상황에 맞지 않는 것을 찾아내는 초이 선생님은 아이가 입은 초록색 옷을 발견하고는 눈이 휘둥그레졌다. 그녀가 달려와 말했다. "조이, 부모님께 쪽지 보여드렸어?"

"아니요." 아이는 네모난 바닥 타일의 테두리 안에 쏙 들어가 있는 파란색 신발을 내려다보며 거짓말을 했다. 거짓말을 하고 싶지는 않았지만 부모님을 난처하게 만들어서 좋을 건 없었다. 그날은 계획대로 흘러갔다. 학급 단체사진 속에서 아이는 살짝 외떨어진 채 학년과 연도 표시판 바로 뒤에 앉아 있었다. 이 표시판은 원래 단체사진 한가운데에 있어야 했지만 아이 신발에 묻은 흙을 숨기기 위해 사진사가 조치를 취한 것이었다. 그 표시판 위에 떠오른 아이의 얼굴에는 미소가 어려 있었다.

방과후 아이를 데리러 온 엄마가 다들 왜 이렇게 차려입었는지 물었지만 아이는 말하지 않았다. 아이는 라오어로 거짓말을 했다. "몰라. 애들 좀 봐, 아주 멋진걸. 아무 날도 아닌데 말이야."

아이는 책 한 권을 가지고 집에 왔다. 혼자 읽기 연습을 하기 위해서였다. 아이가 가져온 책에는 그림과 단어가 실려 있었다. 단어의 의미를 보여주는 그림이 각각 있었지만 오직 이 단어에만 그림이 없었다. 그 페이지에는 단어 하나만 적혀 있었다. 아이는 단어를 한 자씩 발음해보았지만 어딘가 이상하게 들렸다. 그걸 어떻게 발음해야 할지 알 수 없었다.

저녁식사 후 세 가족은 바닥에 나란히 앉아 TV를 보았다. 아이는 자신의 뒷모습이 아빠를 닮았다는 걸 알았다. 그릇을 엎어 씌워놓고 자른 것 같은 단발에, 어깨는 처지고 허리는 구부정했다. 마치 무거운 걸 짊어지고 있는 듯, 고된 일을 마친 하루가 어떤지 알기라도 하는 양. TV 화면이 무지개색 세로 줄무늬로 바뀌면 엄마와 아빠는 이내 잠자리에 들었다. 그럼 아이도 함께 잠자리에 들 때가 대부분이었지만, 오늘 밤만은 모르는 것이 신경쓰여 알고 싶었다. 아이는 책을 펼쳐 그 단어를 찾아냈다. 무슨 뜻인지 짐작도 할 수 없는 그 단어를.

바로 그 단어.

아빠가 잠자리에 들기 전이 마지막 기회였다. 그는 집에서 유일하게 읽을 줄 아는 사람이었다. 아이는 책을 가져가 그 단어를 가리키며 물었다. 그는 몸을 기울여 살펴보더니 말했다. "카-나-아이-프으, 카나이프." 이게 바로 그 단어였다.

그 단어는 그에게 그런 발음이었다.

다음날 초이 선생님은 반 아이들을 교실 앞쪽의 초록색 카펫에 둘러앉게 했다. 아이들에게 소리 내어 읽으라고 시킬 때마다 그렇게 앉도록 했다. 한 아이가 자진할 때도 있었고 선생님이 누구를 지목할 때도 있었다. 이날 아이들을 둘러보던 초이 선생님은 한 아이가 눈에 띄었다.

"조이, 아직 한 번도 안 읽어봤지? 책을 들고 읽어볼래?"

아이는 읽기 시작했고 모든 게 순조로웠다. 그 단어에 이르기 전까지는. 그 단어는 겨우 다섯 글자였다. 차라리 스무 글자였다면 나았으리라. 아이는 아빠가 알려준 대로 읽었지만 틀렸다는 걸 깨달았다. 초이 선생님이 페이지를 넘기는 대신 그 단어를 가리키며 톡톡 쳤기 때문이다. 마치 그렇게 하면 올바른 발음이 흘러나오기라도 하는 양. 그래도 아이는 어떻게 읽어야 할지 몰랐다. 톡. 톡. 톡. 결국 같은 반의 노랑머리 여자아이가 외쳤다. "나이프knife예요! k가 묵음이에요." 그러고는 세상에 그보다 쉬운 건 없다는 듯이 눈을 굴렸다.

그 여자애는 눈이 파랗고 코 주위에 주근깨가 흩뿌려져 있었다. 그애의 엄마는 방과후마다 주차장에서 동그라미 안에 V와 W가 부둥켜안고 있는 로고가 들어간 크고 번쩍이는 검은색 차 안에서 경적을 빵빵 울려댔다. 그 엄마는 매일매일 이 사진 찍는 날인 것처럼 검은색 모피 코트에 하이힐 차림으로 걸어다녔다. 그 여자애도 다른 아이들처럼 또박또박 소리 내어 읽어서 상을 받은 적이 있었다. 반에서 그 상을 받지 못한 아이는 조이가 유일했다. 바로 그날, 초이 선생님은 선물 주머니에 빨간색 요요를 추가로 넣어두었다. 아이가 그 단어를 알았다면, 빨간색 요요는 아이의 차지가 되었을 터였다. 이제 요요는 선생님의 책상 서랍 맨 위칸에 갇히고 말 것이다.

그날 밤 아이는 저녁식사중에 아빠를 살펴본다. 젓가락으로 밥을 한 알씩 집으면서도 어쩜 그렇게 한 톨도 떨어뜨리지 않는지. 그릇에 담긴 밥을 어쩜 그렇게 깨끗이 비우는지. 어쩜 그렇게 왜소하고 움츠린 듯 보이는지.

아이는 아빠에게 나이프의 k는 묵음이라고 말하지 않는다. 교장실에 불려갔었다고, 규칙들과 원래 그런 것들에 대한 얘기를 들었다고 말하지 않는다. 그저 글자 하나일 뿐이라고들 했다. 하지만 바로 그 글자 하나, 맨 앞에 놓인 단 한 글자 때문에 아이는 교장실에 불려갔다. 아이는 k가 묵음이 아니라고 우겼다고 말하지 않는다. 묵음일 수 없다고 아이는 우기고 또 우겼다. "맨 앞에 있는걸요! 첫 글자잖아요! 소리가 있어야죠!" 그러고서 아이는 무언가 중요한 것을 빼앗긴 양 괴성을 질러댔다. 아이는 아빠가 말해준 것, 그 첫 음을 단념하지 않았다. 평생 읽고 교육받아온 선생님 중 어느 누구도 그 이유를 설명해주지 못했다.

아빠가 저녁을 먹는 걸 보면서 아이는 그가 모르는 게 또 뭐가 있을지 생각해본다. 스스로 알아내야 할 것들이 또 뭐가 있을지. 아이는 아빠에게 어떤 글자는, 비록 존재하지만 발음되지 않는다고 이야기해주고 싶다. 하지만 지금은 얘기할 때가 아니라는 결론에 다다른다. 대신 아이는 아빠에게 상을 받았다고 말한다.

학교를 마치고 초이 선생님은 문가에서 아이를 기다렸다. 그녀는 아이에게 교실 앞 선생님 책상으로 따라오라고 했다. 그러고는 잠겨 있던 서랍 맨 위칸을 열어 빨간색 벨벳 주머니를 꺼냈다. "하나 고르렴." 초이 선생님이 말했다. 아이는 주머니 안에 손을 넣어 처음 손가락에 닿는 걸 잡았다. 하늘에 비행기가 떠 있는 퍼즐이었다.

아이가 퍼즐을 보여주자 아빠는 몹시 기뻐한다. 어떻게 보면 그가 상을 받은 것이기도 하니까. 그들은 상으로 받은 작은 퍼즐 조각들을 가장자리부터 맞춰나가기 시작한다. 파란 하늘과 다른 조각들에 이어 가운데까지 맞춰나가며 전체 그림을 완성한다.

파리

하늘은 동공瞳孔처럼 까맸다. 레드는 조급한 마음으로 엔진 회전 속도를 높여 트럭이 예열되길 기다려야 했다. 그녀는 아침 교대시간에 늦은 적이 없었다. 낡은 트럭이었다. 앞유리에는 검은색 마커펜으로 쓴 '판매중' 표시가 테이프로 붙어 있었다. 누군가 앞마당에 내놓은 물건이었다. 생긴 건 특별하지 않았다. 픽업트럭이지만 레드 자신을 제외하고는 그 무엇도 실은 적이 없었다. 레드가 그 트럭에 끌린 건 색깔 때문인지도 몰랐다. 그 커다란 빨간색 트럭이 공장 주차장에서 있는 상상을 했기 때문인지도. 주차장에서 가장 보기 좋은 물건이 될 터였다. 그리고 그게 자신의 소유가 되는 것이다. 레드는 그걸 원했다.

대부분의 동네 사람들처럼 레드도 그 공장에서 일했다. 닭이 완전히 맨들맨들해질 때까지 털을 뽑는 게 그녀의 일이었다. 레드의 손에 다다를 때쯤 닭은 거의 죽어 있었다. 잠이 든 것처럼 눈을 꼭 감은 채였다. 옆방에서 아무 일도 일어나지 않았던 것처럼. 가끔 닭이 소리를 냈다는 확신이 들기도 했다. 정말 하늘을 날 수 있는 것처럼 별안간 발악하며 퍼덕이는 날갯짓.

레드는 후진하기 전에 백미러에 비친 자신을 보았다. 얼굴 전체가 아니라 눈만 보였다. 그녀는 운전석에서 허리를 곧추세워 고개를 오른쪽으로 돌리고 옆얼굴의 윤곽을 자세히 살피고는, 자신의 얼굴에 다른 코가 있는 모습을 상상해보려 했다. 다른 코를 가졌다면 공장에서의 상황도 달라졌을까. 특히 토미와 말이다. 토미는 레드의 상사, 감독관이고 어린 두 아들을 둔 유부남이다. 그는 그녀에게 친절했다. 그녀를 칭찬하며 다른 직원보다 더 많은 근무시간을 배정했다.

"잘했어, 레드. 계속 그렇게만 해. 우리에겐 널 위한 계획이 있어."

그 계획이 무엇인지 레드는 알지 못했다. 그저 저들에게 자신을 위한 계획이 있다는 것만 알 뿐이었다. 가끔 토미가 자판기에서 콜라를 사주거나 점심시간에 레드가 앉은 테이블에 앉긴 했다. 그의 밑에서 일하는 다른 여직원들에게는 그러지 않았다. 그는 레드의 몸에는 관심이 없었다. 그녀를 의식하지 않았고, 몸을 가까이 기울이거나 어떤 말을 속삭이지도 않았다. 그들은 이야기를 나눴다. 주로 그의 아들들에 대한 이야기나 밸런타인데이에 아내와 함께 떠날 파리 여행을 계획하는 이야기였다.

토미의 아내 니콜은 레드가 갖고 싶은 코를 지녔다. 오뚝하고 가느다라며 끝이 뾰족했다. 사무실에서 일하는 사람들은 모두 그런 코를 가지고 있었다.

니콜은 매년 열리는 크리스마스 파티에 그 누구의 옷에서도 보지 못한 소재의 멋스러운 옷을 입고 나타났다. 옷은 그녀 몸의 곡선을 고스란히 드러냈다. 몸에 딱 붙어서 매끈하니 주름 하나 보이지 않았다. 니콜은 파티 내내 회사 간부나 오너의 아내들 무리에 끼여 있었다. 보여주기식으로 불려온 아내들을 볼 수 있는 일 년 중 유일한 행사였다. 가끔 그들 중 한 명이 작업중인 직원 두어 명에게 다가와 인사를 건네기도 했다. 자기소개를 하고 악수를 몇 차례 나눈 다음, 엄청난 자선을 베풀기라도 한 것처럼 다시 그들로부터 떨어져 다른 아내들이 있는 구석 자리로 돌아갔다. 니콜에게는 한 번도 다가온 적이 없었다.

파티에는 매년 치킨이 나왔다. 레드는 지금 먹고 있는 치킨이 그녀가 털을 뽑은 죽은 닭들 중 하나일 수도 있다는 사실은 신경쓰지 않았다. 그렇게 조각조각 잘렸으니 떠올릴 얼굴도 없었다. 매년 즐거운 마음으로 파티를 기다렸고 가장 좋은 옷을 입고 갔다. 청바지, 파란색과 흰색 체크무늬 셔츠와 캐나디안 타이어*에서 산 두꺼운 검은색 부츠였다. 레드의 옷은 다른 여자들의 옷처럼 화려하지도, 몸을 많이 드러내지도 않았다. 하지만 그녀는 그다지 드러내고 싶은 부분도 별로 없었다.

몇 년 전 작업대에서 일하던 여자 한 명이 코 성형수술을 했다. 그녀는 더이상 안경이 흘러내리지 않게 하기 위해 머리 뒤쪽에 고무밴드로 고정할 필요가 없었다. 이후로 그 여자는 매주 머리를 손질했다. 그녀는 이미 작고 마른 몸을 가지고 있었다. 토미는 그녀가 "귀엽다"고 했다. 그녀는 금세 근무시간이 늘어나더니 사무실 자리를 얻었다. 사무실! 이 동네 여자애라면 닭 공장이나 부비 방갈로 사무실, 둘 중 한 곳에서 일했다. 적어도 부비 방갈로에서는 현금을 빨리 모아서 뒤도 돌아보지 않고 금세 동네를 떠날 수 있었다. 아니면

* 캐나다의 프랜차이즈 잡화점.

그곳에서 빠져나갈 수 있을 만큼 오래 사랑해주는 누군가를 만날 수 있었다. 부비 방갈로에서 만나는 남자는 모두 싱글이거나 싱글이 되어가는 중인 남자였다. 공장의 남자들은 대부분 유부남이었고, 유부남이 아니라면 결국 공장에서 일하지 않는 누군가와 결혼할 터였다.

레드는 자신에게는 닭 공장이 어울린다는 것을 알았다. 가슴도 볼만하지 않았고 신나는 음악에 춤을 추지도 못했다. 남자들이 레드에게 눈길도 주지 않는 걸 보아 부비 방갈로는 그녀의 선택지에 없는 것 같았다. 공장에서는 딱 필요한 만큼의 돈을 벌었다. 하지만 인생에서 큰 것들, 행복하게 해주는 것을 전부 얻을 수 있을 만큼 넉넉하게 벌 수는 없었다.

이 년 전쯤 사무실 여자애 하나가 회사 크리스마스 파티에서 토미의 아내를 포함한 아내들과 함께 서 있었다. 마치 이제 자신도 그들 중 한 명이라는 듯이. 그들의 코는 오뚝하니 전부 똑같은 모양이었다. 아내들은 그 여자애에게 말을 걸지도 대화에 끼워주지도 않았다. 아내들이 다 같이 웃으면 여자애의 웃음소리는 몇 초 뒤에야 나왔다.

하지만 그애는 더이상 사무실에서 일하지 않는다. 니콜과 다른 아내들이 그애가 자기 남편과 함께 일하는 걸 싫어한다느니 하는 것과 관련 있었다. 그 여자애는 다시 공장의 예전

자리로 돌아가라는 지시를 받았다. 더 좋은 자리에 있어본 그녀는 회사를 그만두었다.

사무실에 다시 자리가 나자 공장에서 일하는 모든 여자애가 그 자리를 얻기 위해 최선을 다했다. 몇몇은 코 수술을 받는 것부터 시작했다. 그들이 어디서 의사를 찾았는지 레드는 알지 못했다. 근처에선 그런 수술을 할 만한 병원이 없었다. 그래서 코가 제각기 달라 보이는 모양이었다. 어떤 코는 살짝 휘었고, 제대로 아물지 않은 경우도 있었고, 심한 흉터가 남기도 했다. 어떤 여자애는 말할 때 윗입술이 움직이는 대로 코가 사방으로 움직였다. 마치 코가 윗입술에 붙어 있는 것 같았다. 공장 여자애들 대부분이 웨이브컬 혹은 차분한 스트레이트 헤어, 하이힐에 오피스룩 차림으로 출근하기 시작했다. 출근해서는 비닐 헤어캡과 흰색 비닐 작업복으로 갈아입었다. 그런 다음 근무가 끝나자마자 다시 출근할 때의 옷으로 갈아입었다. 그들은 정말 화려해 보였다. 하지만 전부 부질없었다. 그들 누구도 사무실 자리를 얻지 못했다. 그 자리는 어느 사무실 직원의 고등학교를 갓 졸업한 딸에게 돌아갔다.

레드는 공장 주차장으로 트럭을 몰고 가 건물 출입문 부근에 멈춰 섰다. 출입문에 더 가까운 자리도 있었지만 사무실 직원 전용이었다. 주차 자리가 마음에 들지 않아 레드는 자신의 커다란 빨간색 트럭이 그곳에 있을 날을 그려보았다. 시동을 끄고 밖으로 나와 출입문으로 걸어갔다.

솜분은 바깥에서 혼자 담배를 피우고 있었다. 그는 레드가 걸어오는 걸 보더니 담배를 떨어뜨리곤 신발로 비벼 껐다. 그다음에는 손바닥에 입김을 불어 입냄새를 확인하고 소리쳤다. "어이, 당!" 레드를 아는 사람들은 그녀를 그렇게 불렀다. 라오어로 붉은색이라는 뜻이었다. 진짜 이름은 아니었다. 날이 추우면 항상 코가 빨개져서 붙은 별명일 뿐이었다. 레드는 그가 자신을 별명으로 부르는 게 싫었다. 그런 식의 친밀감을 원하지 않았다. 그가 "당"이라고 부르는 걸 들으면, 마치 그의 안에 불이 켜지고 그가 스스로를 바로 볼 수 있게 된 것에 대해 그녀가 책임져야 한다고 말하는 것 같았다.

공장 어디에서건 레드가 보이면 그는 곧장 다가와 신이 난 채 그들 사이에 무슨 일이 생길지도 모른다는 희망에 부풀었다. 그녀가 출근하며 근무 카드를 찍을 때도, 퇴근하며 근무 카드를 찍을 때도 그 자리에 있었다. 레드가 먹이라도 가지고 있는 것처럼 따라다녔다. 그녀는 그가 계속 웃으면서도 어쩜 그렇게 조금도 지치지 않는지 궁금했다. 관심이 없다는 듯 눈을 돌렸지만 그는 그녀의 시선을 좇았다. 그는 레드가 코 수술을 한 여자들에게 관심을 보인다는 걸 알았다. 다른 사람들이 그들을 어떻게 생각하는지 그녀가 눈여겨보고 있다는 것도 알았다.

"나는 그게 뭐가 대단한지 잘 모르겠어." 그가 말했다. "자기 얼굴에 그런 짓을 왜 해?"

"예쁘잖아."

"근데 진짜가 아니잖아."

"걔한테는 진짜지."

"이해가 안 가. 그냥 이해가 안 돼."

"나도 하고 싶어, 너도 알겠지만." 레드는 속마음을 털어놓았다. 곧이어 솜분에게 그 말을 하지 말았어야 했음을 깨달았다. 자신의 바람을 털어놓았으니 그가 그들이 가까운 사이라고 생각할지도 몰랐다.

"아냐, 넌 아니지, 넌 아냐. 말도 안 돼."

"난 왜 안 돼? 나라고 아름다워지고 싶지 않을 거라고 생각해?"

"대체 그런 짓을 왜 하니! 넌 이미 아름다워." 솜분이 너무 진심어리고 확신에 차서 말하는 바람에 그녀가 다 부끄러웠다. 그의 갈망이 얼마나 적나라하고 노골적으로 드러나던지.

"네가 어떻게 알아. 넌 여자를 잘 몰라."

솜분은 고개를 숙이고 나직이 말했다. "아름다움이 뭔지 알려고 여자애들에 대해 알아야 할 필요는 없지." 그는 정말 자부심이 넘쳤다. 전부 부질없었지만 그는 공장에서 가장 오래 일한 사람이었다. 고등학생 시절부터 이곳에서 일했다. 이 일을 하면 대학에 갈 수 있으리라 생각했다. 십 년이 지나도 그는 여전히 똑같은 일을 하며 공장에 다니고 있었다. 닭이 레드의 손에 넘겨지기 전 다른 작업실에서 그 닭의 목을 긋는 일이었다. 그는 아직 살아 있는 닭의 모습을 보았다. 그녀는 솜분과 무언가를 함께할 생각을 하니 몸서리가 쳐졌다. 생계를 위해 그런 일을 하는 남자에게 어떤 다정함이 있을 수 있을까?

그 이후로도 줄곧 코 수술은 솜분과 레드의 대화 주제가 되었다. 누가 코 성형을 했는지, 언제 했는지, 잘된 편인지. 레드는 돈을 충분히 모으자마자 코 수술을 할 거라고 했다. 그녀는 늘 말했다. "내년에는, 꼭."

그날 아침 늘 똑같은 칙칙한 유니폼에 똑같은 머리를 하고서, 끊겠다고 누누이 말하면서도 끊지 못한 담배를 피우며 출입문에 서 있는 솜분을 보니, 레드는 원했지만 여전히 갖지 못한 모든 것이 떠올랐다. 날마다 같은 장소에서 똑같은 옷차림으로 아침마다 똑같은 인사를 건네는 그를 본다는 건 아무것도 변한 게 없음을 보는 것과 같았다. 아무 일도 일어나지 않았음을.

"아직 안 했어!" 레드가 그에게 소리쳤다.

"네 모습 그대로가 좋아." 그가 말했다. 마치 끊어진 대화를 이어가듯. 그녀와 대화하는 순간만이 그에게 가치 있는 유일한 시간이라는 듯이.

그를 빠르게 지나치며 그녀가 말했다. "고마워, 샘." 레드는 그가 영어 이름으로 불리는 걸 싫어하는 것을 알고 있었다. "샘이 아니라 솜분이야." 그가 강하게 말했다. 그는 모음을 쉽게 발음하지 않고 라오 사람들처럼 발음했다. 하지만 그녀가 그를 놀리고 있다는 것을 깨닫고 활짝 웃었다. 무엇을 싫어하는지 안다는 건 서로 가까워졌다는 의미였다.

"어이, 당?" 솜분이 레드를 불렀다. 그녀의 주의를 끌기 위해 애쓰며 공장 안까지 따라들어왔다.

"무슨 일인데?" 레드는 그의 희망을 더이상 북돋지 않길 바라며 짜증스럽게 물었다.

"케트 얘기 들었어? 암이었대. 코 수술 받고 몇 달 뒤에 발병했어. 코에 집어넣은 물질이랑 관련 있는지도 몰라." 솜분은 항상 코 수술을 받으면 안 되는 이유를 찾아내려 했다.

"그냥 한번 생각해볼 점이라는 거지." 레드와 이야기할 기회를 열어준 암이 불행 중 행복이라도 되는 양 그가 씨익 웃으며 말했다.

그녀는 더 빠르게 걸었고 그는 곧 뒤처졌다.

점심시간이었다. 고작 이십 분이었다. 화장실에 다녀오고 음식을 우걱우걱 씹어 삼키기에는 충분한 시간이었다. 레드는 종종 이때를 혼자만의 시간으로 썼다. 생닭 냄새와 늘어진 내장들, 그리고 끝없는 도살과 포장은 때때로 그녀도 살아서 이 세상에 존재하고 있음을 잊게 했다. 작업대에서 나가는데 토미가 지나가며 부하 여직원 한 명의 어깨를 톡톡 두드리는 게 보였다. 그는 자주 그랬다. 그 여자애는 그날의 선택받은 자였다. 레드는 밖으로 나왔다. 얼마 안 되어 토미와 여자애가 밖으로 나서더니 그의 차로 걸어갔고, 거기서 그 모든 일이 일어났다. 레드는 그게 어떤 느낌일지 궁금했다. 눈에 띈다는 것, 자신을 원하는 누군가의 입술을 느끼는 건 어떤 것일까. 토미의 행동이 영원하지 않더라도 그건 중요하지 않았다. 그는 그걸 했고 선택받은 자는 아주 잠시라도 그에게 무언가가 되었다.

그들이 차 안으로 들어가자마자 토미의 아내가 주차장으

로 들어왔다.

그녀는 제대로 주차할 생각조차 없는 듯했다.

니콜은 흰색 모피 코트를 입고 방금 미용실에 다녀온 듯 탱글탱글한 금발 곱슬머리를 하고 있었다. 새빨간 립스틱에 불그스름한 볼터치를 발랐다. 정말 매력적이고 아름다워 보였다.

그녀가 그에게 뭐라고 소리치고 있었다. 격분한 상태였다.

그러더니 니콜이 토미의 팔을 꽉 붙잡았다. 그는 팔을 당겨 빼고 그녀를 힘껏 밀쳐냈다. 그녀는 넘어지지 않았다. 그녀는 토미의 소매를 꽉 붙들며 매달렸고 흰색 하이힐이 눈 속에서 질질 끌렸다. 그녀가 원하는 건 토미에게 중요하지 않았다. 그는 차문을 닫고 안에 있는 여자애와 떠나버렸다. 니콜의 흰색 모피 코트 밑자락이 진흙으로 더러워졌다. 레드가 이 광경을 전부 보지 않았더라면 진흙이 아니라 똥이라고 생각했을지도 몰랐다. 어쩌다 똥이 여기저기 묻었느냐고 물어봤을지도 몰랐다.

레드가 서 있는 곳에서도 니콜의 마스카라가 번진 걸 알 수 있었다. 그녀의 부들부들 떨리는 입술은 이제 광대의 새빨간 입술처럼 보였다. 니콜 같은 여자들이야말로 로맨스영화가 만들어진 이유다. 그들은 항상 자기 인생의 스타이며 결국에는 남자를 얻는다. 하지만 아름다움은, 그게 가져다주는 모든 것과 그걸 얻기 위해 필요한 모든 소란에 비해, 소지하고 유지하기에는 너무 끔찍한 짐 같았다. 잃는 게 너무 많았다. 그 순간 레드는 남들이 보는 자신의 모습에 감사했다. 못생겼음에 감사했다. 못생겨도 그 사실을 모르는 것과 아는 것은 완전히 다르다.

레드는 니콜과 토미가 했던 것처럼 가족과 친구들 앞에서 공식적으로 사랑을 선언하는 일은 자신에게 결코 일어나지 않으리란 걸 알았다. 토미가 그 약속을 깨고 무슨 짓을 했는지는 별로 중요하지 않았다. 어차피 그 약속은 이미 맺어진 것이고 그는 언제나처럼 머잖아 돌아올 테니까.

레드가 아는 유일한 사랑은 하루의 조용한 순간들 속에서 자신에 대해 느끼는, 단순하며 복잡하지 않고 외로운 사랑이었다. TV에서 흘러나오는 웃음소리와 이야기 속에, 주말마다 들르는 식료품점 통로에, 그 자리에 한결같이 견고하게 서 있는 것이었다. 매일 밤 어둠 속 같은 자리에서, 고요함 속에서 눈부시게 퍼져나가는 것이었다. 그 모든 게 자신의 것이었다.

니콜은 레드를 알아보고 달려왔다. 그녀는 레드를 붙잡고 마치 가장 친한 친구인 양 끌어안았다. 그리고 레드의 목에

뾰족한 코를 묻었다. 레드는 그녀의 코가 찌르는 것을 느꼈다. 니콜은 거기에 있는 누구라도 붙잡았을 것이다. 아마도. 그들은 서로의 품에 안겨 서 있었다. 레드는 누군가 그렇게 가까이 있는 게, 그녀를 만지는 게 처음이었다. 두 여자는 울었다. 하지만 서로 다른 이유에서였다.

슬링샷

리처드를 만났을 때 나는 일흔 살이었다. 그는 서른두 살이었다. 그는 스스로 젊은 남자라고 했다. 그리고 난 젊은 남자라는 게 뭔지, 그게 좋은 건지 나쁜 건지 정말 몰랐기에 아무 말도 하지 않았다. 그는 지난 1월 나와 외손녀 로즈가 사는 곳 옆집으로 이사를 왔다. 그해 여름 로즈는 거의 집에 없었다. 새로운 남자를 만나더니 동네 반대편에 있는 그 남자의 집에서 지내곤 했다.

리처드는 토요일마다 파티를 열었다. 처음에는 집들이였다가 이후에는 다른 파티였다. 그의 집 문은 항상 열려 있었고 시도 때도 없이 사람들이 드나들었다. 어떤 때는 아이들끼리 오기도 했다. 아이들은 크리스마스 전등을 가지고 놀며 작은 조각상을 만들고 바닥에 전선과 전구를 어지러이 펴놓았다. 또 어떤 때는 하드보드지 상자로 만든 텐트 미로 사이를 기어나오는 중년의 사람들이 있었다. 한번은 그가 자전거 파티를 열어서 함께 도시 투어를 했다. 나는 자전거가 없어서 그의 자전거에 함께 탔다. 나는 자전거 안장 앞에 앉았고 그는 페달을 밟았다. 그는 그곳에 살던 시절에 대한 이야기, 개인적인 이야기를 들려주었다. 그는 도시에서 몇 년을 살았다. 한때 사랑했던 여자에 대해서도 말해주었다. 두 사람이 식사를 마치고 계산을 하지 않고 몰래 빠져나간 식당, 키스한 장소들을 보여주었다. 그가 이야기를 풀어놓는 방식에는 특별함이 깃들어 있었다. 도시는 그의 것이 되어갔다. 나중에 그 건물, 그 모퉁이를 지나가게 되었을 때, 그의 이야기는 여전히 그곳에 있었다. 그의 침울한 목소리가 내 머릿속에서 오래된 레코드처럼 연주되었다.

"사랑 같은 건 없어요. 머릿속 산물일 뿐이죠." 리처드는 어느 날 이렇게 말했다. 우리집 우편함으로 온 그의 소포를 가져다주러 그의 아파트로 찾아갔을 때였다. "주변에 사랑에 빠진 사람이 있던가요?"

나는 로즈를 떠올렸다. 그 아이는 새로운 남자를 만날 때마다 사랑에 빠졌다고 말했고 하루종일 전화를 기다리며 울곤 했다. 그리고 나와 친구들의 경험도 떠올렸다. 사랑을 모르는 사람은 없었지만 너무 오래전 일이었다. 함께 둘러앉아 궁금해할 일은 아니었다. 사랑은 존재했고, 일단 사랑이 시작되고 나면 그것에 대해 골똘히 생각해볼 필요는 없었다.

내가 말했다. "다양한 사람들을 알아갈 시간이 충분하지 않았던 것뿐이었겠죠."

그는 아는 사람이 많다고 했다. 수천 명을 안다고 했다. 내 말은 그런 뜻이 아니라고 말해주고 싶었지만, 그가 이해할지 확신할 수 없었다. 몇 분이 흘렀다. 그가 말했다. "사람들은 항상 사랑에 빠졌다고 말하지만 사실은 사랑에 빠진 게 아니에요. 난 믿지 않아요. 다른 사람들이 그렇게 말하니까 자신도 그렇게 말해야 한다고 생각하는 거죠. 그 의미를 진정 안다는 뜻은 아니에요."

나는 그의 집을 둘러보았다. 물건이 많지 않았다. 의자 두 개, 누군가의 앞마당에서 가져온 소파, 탁자 하나, 그리고 작은 인체 해부 모형이 다였다. 인체 해부 모형 안에는 플라스틱 조각들이 있었다. 나는 손을 뻗어 연필 끝에 달린 지우개 크기만한 작은 갈색 조각을 꺼냈다. 뭔지 알 수가 없어서 다시 집어넣었다.

리처드는 잠자리를 한 여자들에 대해 이야기하는 걸 좋아했다. 그가 자주 언급한 사람은 두 명이었다. 첫번째는 예전 룸메이트로, 자전거 투어를 하며 이야기한 여자였다. 두번째는 이브라는 여자였다. 그녀는 지금 뉴욕에 살지만 가끔 이곳을 방문하곤 했다. 그는 그녀와 사랑에 빠지지는 않았고, 지금은 그저 친한 친구일 뿐이라고 말했다. 두 사람은 칠 년을 만나고 헤어졌다. 서로에 대한 끌림은 더이상 없었다. 그녀가 메일이나 전화에 응답하지 않으면, 그는 구글에 그녀를 검색했다.

"지금도 그녀와 사랑에 빠져 있는 걸지도 모른다는 생각은 안 해요?" 내가 묻자 그는 아니라고 했다—사랑이라면 그 사람과 섹스를 하고 싶어야 한다고, 그리고 그녀에게는 그런 기분이 들지 않는다고 했다. 그는 내게 최근 섹스를 한 적이 있느냐고 물었다. 나는 대답하는 데 시간이 걸렸다. 그는 섹스에 무심한 사람에게는 관심을 두지 않는 것 같았다. 나는 마지막 섹스를 기억해내려 애썼다. 남편을 제외하고 어느 누구와도 한 적이 없었다. 남편은 삼십 년 전에 죽었다. 심장마비로. 갑작스럽게. 누군가에게 삼십 년은 평생의 시간이다. 내 생각에 그렇게 오랫동안 섹스를 하지 않았다면 경험이 없다고 봐도 무방할 것 같았다. 그게 다 어떻게 이뤄지는지조차 기억나지 않았다.

리처드는 알고 있었다. 그는 늘 자신이 했던 섹스에 대해 이야기했다. 수백 명의 여자와 했다고, 그는 말했다.

"쉬워요. 그냥 물어보면 돼요. 그다음엔 아무도 모르죠. 상대가 싫다고 해도 난 열 올리지 않아요. 제 말은, 상대가 싫다고 말했으니까요. 그보다 분명한 게 뭐가 있겠어요? 원하는 사람은 항상 있는걸요. 가끔은 그것도 재미있어요. 의미를 부여할 필요는 없죠." 리처드는 미남은 아니었지만 미남인 것처럼 행동했다. 그가 말했다. "난 못생기진 않았어요. 어차피 외모는 상관없어요. 잘생긴 사람들이 침대에서 아무것도 안 하는 경우도 있죠. 그냥 가만히 누워만 있는 거예요. 사람들은 상상력이 풍부하고 흥분하는 사람을 원하는 것 같아요. 그게 가장 기분이 좋죠."

리처드가 또 파티를 열었다. 이번 파티는 다른 때와 달랐다. 음식은 전혀 없었고 저녁 늦게 시작했다. 마룻바닥 한가운데에는 초록색 유리병이 놓여 있었다. 가구는 모조리 방 한쪽에 몰아두었다. 그가 지금까지 들려준 이야기에도 불구하고, 나는 그가 여자와 있는 걸 본 적이 한 번도 없었다. 나는 유리병이 그곳에 놓인 이유를 알고 있었다.

나는 방을 둘러보았다. 스물다섯 명쯤의 사람들을 훑으며 유리병이 가리켰으면 하는 사람이 있는지 살폈다. 없었다. 그래도 나는 계속 놀이를 하고 싶었다. 내가 돌린 병은 금발의 아름다운 여자 앞에서 멈췄다. 변호사였다. 그녀는 아직 비즈니스 정장 차림으로 재킷도 벗지 않은 채였다. 나는 그녀가 어린애라도 되는 양 이마에 입을 맞췄다. 그러자 모두가 웃었다. 리처드가 말했다. "다정하지 않나요?" 나는 그가 그렇게 말하는 게 싫었다. 다정하고 싶지 않았다. 나는 늙었고 그 사실을 인지하고 있다. 수많은 얘기를 들어봤지만 '다정하다'는 말은 정말이지 나를 짜증나게 했다. 나는 유리병의 선택을 받은 이들이 키스를 나누는 걸 보았다. 얼마쯤 지나자 지루해졌다. 파티에 있던 사람들도 같은 마음인지 줄지어 빠져나가기 시작했다. 누가 게임을 했는지 혹은 누구에게 키스했는지 기억나지 않는다. 나는 리처드의 차례가 오기만을 기다렸다. 차례가 올 때마다 그는 상대방과 한참 동안 키스를 나눴다. 배가 불룩 나온 남자, 그다음에는 댄서, 그리고 몇몇 사람과 키스를 나눴다. 그는 모두에게 부드러웠다.

리처드가 내게 말했다. "집에 가고 싶으면 가셔도 돼요. 우린 이 게임을 계속할 거예요. 지루하실 수도 있어요." 하지만 나는 아직 집에 가고 싶지 않았다. 여름의 시작이었고 나는 무언가 색다른 일이 일어나길 바랐다.

이제 우리 세 사람뿐이었다. 다른 한 명은 로리라는 여자였다. 그녀는 미술관에서 일했다. 로리는 키득거리고 긴 머리카락을 잘근잘근 씹고 볼을 붉히며 마치 소녀처럼 행동했다. 리처드가 초록색 병을 돌렸고 이번에는 병이 나를 가리켰다. 그는 웃으면서 말했다. "안 해도 돼요. 싫다고 말해도 됩니다." 그러나 나는 싫다고 말하고 싶지 않았다. 그는 바닥에 책상다리를 하고 앉아 있었고 나는 그에게 몸을 기울였다. 그는 스피어민트 껌을 씹었다. 우리가 멈추었을 때 로리는 가고 없었다.

리처드가 말했다. "새벽 세시예요. 집에 가셔야죠." 그는 나를 걱정하는 좋은 친구처럼 말했다. 리처드가 그 시간에 그곳에서 나와 단둘이 있는 걸 좋아하지 않는다는 느낌이 들었다. 늙은 여자가 원하는 무언가가 두려운 것처럼. "가고 싶지 않은데." 내가 말했다. 왜 그렇게 말했는지 모르겠다. 그저 그가 어떻게 행동할지 보고 싶었던 걸지도. 그는 남자였다. 그리고 나는 무료했다.

그의 침실은 깨끗하고 조용했다. 내가 말했다. "옷 벗어볼래요? 보고 싶어요." 그 말을 들은 그의 태도는 놀라웠다. 그는 말도 안 된다고 하지 않았다. 그는 알몸으로 섰다. 마치 여자의 몸처럼 아름다웠다. 가슴과 다리에 털이 있었다. 가슴털을 본 게 오랜만이라 나는 손을 뻗어 그걸 만졌다. 그는 두 눈을 감고 숨을 깊게 들이마셨다. 너무 쉬웠다. 그는 침대에 앉았고 나는 그의 위에 앉았다. 그는 깊게 들어오지는 않고 나를 가만히 안고 있었다. 내가 몸을 더 낮춰야 했다. 하지만 그러지 않았다. 원하는 만큼 더 갈 수도 있었다. 아침 햇살이 비쳤다. 그가 말했다. "멈춰야 해요." 나는 멈추고 싶지 않았다. 나를 가만히 안고 있는 리처드의 얼굴을 바라보는 게 좋았다. 그는 두려워 보였다. 아니 금세 울음을 터뜨릴 것 같았다. 그때 그가 나를 들어올려 떼어내곤 몸을 돌렸다. 그의 얼굴이 보이지 않았다. 그가 말했다. "가셔야 해요. 당신이랑 하고 싶어졌거든요." 그게 바로 내가 가고 싶지 않은 이유였다. 그가 원했으니까.

그날 밤 이후로 몇 주 동안 리처드를 보지 못했다. 그의 집에서 파티가 열렸고 사람들이 오고 갔다. 벽을 통해 사람들 목소리가, 여자들 목소리가 들렸다. 내 입에서 그런 소리가 나오면 어떤 느낌일까 궁금했다. 하지만 들리는 건 오직 여자 목소리뿐이었다. 그는 조용했다. 숨만 조용히 쉬었을 것이다, 아마도.

나는 그에게 아무 소리도, 신음조차 내지 않은 이유를 물었다. "집중하는 거예요." 그가 말했다. 그는 항상 그런 식으로 말했다. 쉽게. 그는 여자와 섹스를 할 때 그와 그를 포함한 남자들이 어떻게 느끼는지 말해주었다. 나는 처음 알게 되었다. 엄마가 내게 말해주길 바랐던 이야기를 그가 해준 것이다. 나는 그가 어떻게 여자에게 말을 걸고, 어떻게 그의 집으로 오게 하며, 어떻게 옷을 벗기는지, 넣을 곳을 어떻게 아는지, 매번 똑같은지 알고 싶었다. 그는 항상 물어본다고 했다, 해도 돼요? 괜찮나요? 이렇게 해도 괜찮아요? 그가 묘사하는 것은 나도 경험한 듯한 기분이 들었다. 그처럼 남자가 되어 그들 안에 있었던 것 같았다. 그의 이야기에는 은유도 없고, 씨앗과 흙과 자라나는 꽃도 없었다. 그저 사실만 있었다.

주말에 로즈가 떠나고, 나는 리처드의 집 문을 두드렸다. 문손잡이를 돌려보니 열려 있기에 안으로 들어갔다.

샤워하는 소리가 들렸다. 다 씻고 나온 뒤 그는 이렇게 말했다. "배고프세요?" 그냥 그렇게. 나를 내내 기다렸다는 듯. 그는 요리를 잘했다. 그가 접시와 프라이팬을 꺼내고 찬장과 냉장고 문을 여는 걸 지켜보았다. 서로 가까워졌던 그때의 일 때문에 그가 화가 난 것 같진 않아서 좋았다. “내가 왜요?” 그가 말했다. “그런 일로 화를 내는 남자와는 섹스하지 마요.” 그가 날 보고 웃으며 말했다. “정말 아무 일도 없어서 오히려 좋았어요. 우린 가까웠잖아요. 그게 가장 좋은 거죠. 그렇게 가까이 있는 거요. 그리고 아무 일도 일어나지 않는 거.”

얼마 안 돼 우리는 침대 가장자리에 앉아 있었다. 나는 리처드 위에 앉았고 그는 내 가랑이 사이에 있었다. 나는 그에게 키스했다. 몹시 천천히, 그리고 부드럽게 시작했다. 키스는 점점 거칠어졌다. 그러자 그가 내게서 입술을 뗐다. 그는 입을 벌린 채 거칠게 숨을 내쉬었다. 내가 그에게 몸을 기울이자 그는 고개를 젖혔다. 우리는 서로의 입안에 숨을 내쉬며 그렇게 가까이 있었다. 나는 그를 향해 몸을 낮추고 한번 더 무게를 싣기 전에 이렇게 말했다. “내려갈까요?” 이제 그만할지 물은 것이었지만 그는 내 말이 무슨 뜻인지 왜 그렇게 말하지 않았는지 알고 있었다. 그는 웃으며 말했다. “아니요, 아니. 세상에나, 아니요.” 그의 입술은 붉었고 볼은 분홍빛이었다. “날 사랑한다고 말해요.” 내가 말했다. “사실이 아니어도. 그냥 말해요.” 그는 그렇게 말했다. 나는 안에 누군가가 있다는 게 어떤 건지 다시 느끼고 싶었다. 그래서 그를 내 안으로 밀어넣었다.

8월의 끄트머리였고 리처드는 파티를 예전만큼 자주 열지 않았다. 나와 단둘이 보내는 시간이 많아졌다. 그는 내게 전화를 걸어 집으로 초대했다. 나는 그가 나를 초대하고 싶어 하는 이유를 알았고 나도 그걸 원했다. 나는 그가 초대할 때마다 응했다. 가끔 하루종일 한마디도 하지 않고 보냈다. 우리가 하는 일에는 딱히 말이 필요 없었다. 우리가 나눈 섹스의 좋은 점은 정말 천천히, 아주 오래 이뤄졌다는 것, 내 몸이 반응할 때까지 그가 잘 기다려주었다는 것이었다. 우리는 보통 밖이 어두울 때 시작했고 끝난 뒤면 날이 밝아 있었다. 그가 내게 말했다. "남자친구를 만드셔야겠어요. 내가 남자친구가 될 순 없잖아요." 그러나 요즘 나는 남자친구가 무엇이든 딱히 원하지 않았다. 내가 지금 가진 걸 원했다. 나는 아무 말도 하지 않았다. 그저 그가 옷을 입는 걸 지켜보았다. 그는 나를 돌아보며 내일 그의 친구, 이브를 함께 만나고 싶은지 물었다. 이브는 이 동네에 와 있었고 그에게 새 남자친구를 소개해주고 싶어했다. 그는 혼자 가고 싶지 않다고 말했다.

다음날 아침, 나는 작은 골목에 있는 집 앞 현관에 서 있었다. 리처드는 이브를 부르러 안으로 들어갔다. 이브는 집안 깊숙한 곳의 주방에 있었다. 이브는 나를 부르며 들어오라는 손짓을 보냈다. 길고 윤기 나는 흑발에 갈색 눈의 여자였다. 그녀는 남자친구가 위층에서 샤워중이며 몇 분 내로 내려올 거라고 말해주었다. 리처드는 이브에게 말을 걸고, 새로운 남자친구에 대해 묻고, 새 남자친구와 사랑에 빠진 그녀를 놀려댔다.

이윽고 리처드가 말했다. "음, 나도 사랑에 빠졌어." 그러더니 날 가리켰다. "이분이랑." 리처드와 나는 웃었다. 그게 우리만의 농담이며 이브는 끼어들 수 없다는 듯이. 농담을 하면 진짜 감정을 숨김과 동시에 진심을 내뱉는 것이 가능하다. 그리고 아무도 그 말이 진심인지 아닌지 묻지 않는다.

이브의 남자친구 대니얼은 카키색 반바지와 몸에 달라붙는 흰색 티셔츠 차림으로 계단을 내려왔다. "아아, 여러분, 안녕하세요?" 리처드 혼자 대답했다. 나는 답하지 않았지만 별 상관 없는 모양이었다. 그들은 다른 이야기로 넘어갔다.

남은 오전 내내 우리는 보드게임과 '몸으로 말해요' 게임을 했다. 이브와 리처드의 대화에는 도무지 끼어들 수가 없었다. 그들은 어떤 얘기를 꺼내고 농담을 하고 서로에 대해 이런저런 이야기를 늘어놓았다. 간간이 웃음을 터뜨리는 바람에 이야기는 계속 끊겼다. 그들은 무슨 얘기를 하건 자세히 설명해주기보다는 그때 그 자리에 함께 있었어야만 알 수 있다고 했다. 나도 경험이 있는 사람이었다. 무슨 일이 벌어지고 있는지 깨달았다. 리처드는 이브가 그를 데리고 뭘 하고 있는지 깨닫지 못했다. 그녀는 두 남자를 데리고 놀고 있었다.

나는 일어서서 현관으로 나갔다. 겨우 오후 세시였다. 집에 갈까 생각하고 있는데 대니얼이 담배를 피우러 나왔다. 그는 담배에 불을 붙였고 우리는 함께 주변의 나무들을 바라보았다. 나뭇잎들은 저멀리 떨어지기도 하고 흩날리다 좌우로 곤두박질치기도 했다. 바람에 밀려나온, 파란 하늘 속 물고기떼처럼 보였다. 그곳에 속해 있지 않은 것 같았다. 우리는 서로 무슨 말을 해야 할지 몰랐다. 우리는 서로 다른 사람에게 같은 것을 원했다. 그 두 사람을 바라보는 게 어떤 기분인지 이해하는 사람이 있다면 그건 대니얼이었다.

얼마 후 그가 내게 말했다. "토네이도 본 적 있으세요?" 나는 없다고 말했다. 그는 고개를 끄덕이고 말을 이었다. "토네이도는 모든 걸 파괴하죠. 멀리서도 토네이도가 다가오는 게 보여요. 대부분의 사람들은 거기서 빨리 빠져나오려고 하죠. 어떤 사람들은 그게 다가오는 걸 보면서도 그냥 바라보고만 있고요." 나는 아무 말도 하지 않았다. 그가 내게 윙크를 해 보였다.

잠시 후 리처드는 자전거를 타고 도시를 둘러보면 좋겠다고 했다. 이브와 대니얼은 내키지 않아했기에 다시 둘만의 시간이었다. 전처럼 나란히 자전거에 몸을 실었다. 나는 자전거 안장 앞에 앉고 그는 페달을 밟았다. 헬멧도 쓰지 않고 돌아다녔다. 사고가 나는 건 무섭지 않았다. 그때 리처드와 함께한다는 건 그런 느낌이었다. 내게 무슨 일이 벌어질까, 미래는 어떨까 하는 생각은 들지 않았다. 나는 그 시간에 빠져 있었다.

리처드는 연락선 부두의 사람들 무리를 지나쳤다. 우리는 도시 밖으로 나가는 오솔길을 따라 갔고 호수에 이르렀다. 수질이 좋지 않아 수영을 할 수 없었다. 하지만 그는 문제없다며 수영을 했다. 그는 저멀리 헤엄쳐 갔지만 물에 빠진 척하는 게 보일 만큼 가까이 있었다. 양팔을 이리저리 휘젓고 고개를 깐딱거렸다. 그러다 좀더 멀리 헤엄쳐 가더니 또다시 그렇게 했다.

그의 아파트에 도착하자 그는 이브와의 우정이 변하고 있다고 말했다. 그녀의 삶에 그는 없다고. 이젠 모든 걸 제쳐두고 그를 만나러 오지 않는다고. “이브와 결혼해야겠어요.” 그가 말했다. “그 여자를 사랑해요. 그래서 잃고 싶지 않아요.” 나는 그녀를 어떻게 다뤄야 할지 말하지 않았다. 그게 내게 어떤 의미가 될지 묻지 않았다.

그는 자신의 옷을 벗고 내 옷을 벗겼다. 그날 오후 그는 변했다. 언제나 부드럽던 그였지만 훨씬 더 부드러워졌다. 그는 침대에 누워 눈을 감았다. 나는 그를 받아들였다. 나는 천천히 움직였다. “좋아.” 그가 말했다. 드나드는 모습을 그와 함께 볼 수 있는 것을 그의 안에 넣고 싶었다. 내가 그의 배꼽에 손가락을 넣자 그는 마치 벽 너머에서 그와 함께 시간을 보내던 여자들처럼 크게 신음했다. 나는 조용히 숨쉬며 모든 것을 받아들였다. 그는 무슨 일이 일어나기라도 할 것처럼 헉하는 소리를 냈다. 그는 똑바로 앉아 나를 가까이 당겼다. 내게 아주 거칠게 키스했고 몸을 떼지 않았다. 우리는 그렇게, 얼굴을 맞대고, 계속했다. 사랑해, 라고 그는 계속 말했다.

그는 내게 자고 가라고 했지만 나는 그러고 싶지 않았다. 나는 그가 볼 수 없는 슬픔을 지닌 채 그를 바라보았다. 그렇게 할 수 있는 사람—내 존재를 부정할 수 있는 사람—과 함께 있고 싶지 않았다. 그에게는 후회하고 어리석게 굴 수 있는 시간이 있었다. 나는 아니었다. 그가 내게서 돌아섰을 때 나는 나조차도 이유를 알 수 없는 행동을 했다. 손을 뻗어 인체 해부 모형 안에 있는 조각 하나를 집어들었다. 위장이었다. 작은 플라스틱 조각. 당연히 그건 실제가 아니었지만 그 자리에 있었고, 아무것도 아닌 건 아니었다.

집에 갔더니 로즈가 있어서 놀랐다. 로즈는 내가 어디에 있었는지 물었고, 내가 옆집 남자와 많은 시간을 보내는 걸 안다고 말했다. 그애가 말했다. "그 남자가 할머니를 사랑할 리가 없다는 거 알잖아. 할머니 나이가 몇인지 잊었어? 얼굴 주름을 봐." 늙었다는 건 그런 거다. 주름을 보기 전까지는 그것의 존재를 알아차리지 못한다. 늙었다는 건 곁에서 일어나는 일이다. 타인의 눈에 비친 자신의 모습. 나는 그애가 왜 이런 식으로 말하는지 알 수 없었다. 나 때문에 그러는 게 아닐 수도 있었다. 나는 아무 말도 하지 않았다. 로즈는 술을 마신 듯했다. 그래서 그애를 내버려두었다. 얼마간 시간이 지났고 그애가 하는 어떤 말도 귀에 들어오지 않았다.

그해 10월 나는 리처드를 마지막으로 한 번 보았다. 대니얼의 장례식에서였다. 리처드는 이브와 함께였다. 파트너인 양 그녀를 부축하고 붙들어주었다. 그녀에게 다시 돌아간 그의 모습이 내게는 이상하게 느껴졌다. 연인끼리 하는 것을 우리가 했다는 사실도 이상하게 느껴졌다. 그 일은 전혀 없었던 일 같았다. 하지만 리처드뿐만이 아니었다. 이브는 어떤 사람이기에, 다른 이의 사랑을 보고도 모른 척할 수 있는 걸까. 하지만 얼마 후 그건 더이상 문제가 되지 않았다.

나는 닫힌 관을 바라보면서 대니얼에 관한 신문기사를, 그가 어떻게 죽었는지를 떠올렸다. 그는 훌륭한 체격을 가지고 있었고 수영도 아주 잘했지만 날이 너무 추웠다. 분명 쥐가 나는 바람에 익사하고 말았을 것이다. 나는 그와 그의 인생을 생각해보았다. 얼마나 짧았던가. 사십 년이었다. 긴 시간이 아니었다. 그가 누군가를 사랑할 때 나도 함께 그 자리에 있었고, 그는 기꺼이 끝까지 기다리고자 했다. 나는 모두가 자신의 인생에서 누군가에게 메시지를 전하는 역할을 맡고 있고, 그 역할을 마치면 떠나는 건 아닐까 궁금해졌다. 대니얼이 토네이도에 대해 한 말이 생각났다. 그는 나를 잘못 봤다. 우리는 같지 않았다. 나는 기다리지 않았다. 나는 멀리서 벌어지는 일을 그저 바라보는 사람이 아니었다.

대니얼의 가족과 친구들이 일어서서 그에 대한 이야기를 들려주었다. 나는 아무 말도 하지 않았다. 그와 나 사이의 이야기를 아는 사람은 없다. 나는 그곳을 떠났다. 검은 옷 차림의 사람들을 돌아보았다. 그들 중 누가 리처드인지 알아볼 수 없었다. 그의 얼굴이 잊히기 시작했다.

한번은 예전에 살던 건물 앞을 지나가는데 리처드가 나를 불렀다. 그때 나는 여든 살에 가까워지고 있었다. 나는 그를 못 본 척하고 돌아섰다. 멀리서, 아름답고 어둡게, 완전히 홀로 자전하며, 맑게 개어 있고 싶었다. 그가 가까이 오지 않았으면 했다. 아무것도, 내 이름을 부르는 외침조차도, 날 막을 수 없었다.

랜디 트래비스

우리가 새로 살게 된 나라에서 엄마가 유일하게 좋아한 건 그곳의 음악이었다. 우리는 난민 정착 프로그램의 환영 선물 중 하나로 작은 라디오를 받았다. 선물 상자 안에는 방한용 바지, 엄지장갑, 속옷도 있었지만 엄마가 가장 아낀 건 라디오였다. 금속 상자에 채널을 고를 수 있는 다이얼이 달려 있었다. 볼륨 조절은 세 칸이 최대라 그 이상 소리를 키울 수 없었다. 엄마는 작은 라디오가 조개껍질인 양 귀에 바짝 붙이고 들었다. 노래 사이에는 진행자의 짧은 멘트가 있었고 간간이 웃음소리도 들렸다. 웃음소리는, 어떤 언어에서든 웃음소리다. 그의 웃음은 부드럽고 은밀했으며 따뜻했다. 어딘가 외로운 느낌도 들었다. 나는 학교에, 아빠는 일터에 가 있는 동안 그녀는 내내 라디오를 들었다. 다른 이의 목소리에, 곁을 지켜주는 음악에 감사하며.

엄마는 특히 미국 컨트리음악을 사랑했다. 가족끼리 모이면 여자들끼리 이야기를 나누던 모습이 떠올랐기 때문이다. 친숙했다. 애원, 소문, 대도시에 대한 꿈들, 누구도 들어본 적 없는 곳 출신으로 살아간다는 것. 노래는 언제나 우리가 이해할 수 있는 이야기를 들려주었다. 가슴 무너지는 이야기, 혹은 영원히 사랑하겠다고 약속하는 이야기, 아멘." 엄마는 아멘이 무슨 뜻인지 몰랐다. 한 문장이 끝났음을 알리기 위해 말하는 것이라고만 추측했다. "사과 세 개요, 아멘." 그녀는 길모퉁이의 식료품가게에 가서도 그렇게 말했다. 그래서 이웃들은 엄마가 신앙심이 깊다고 생각했고, 우리 가족은 불교 신자였음에도 그들은 주말마다 엄마를 교회에 태워다 주었다. 엄마는 친구를 쉽게 사귀었고 잘 웃었으며 영어를 연습하는 데 부끄러움이 없었다.

엄마는 교회에 갔더니 사람들이 크래커 한 조각에 레드와인 한 모금을 마시고 한 남자가 설교를 하더라고 말했다. 그가 무슨 얘기를 하는지는 정확히 알 수 없었지만 한참을 떠들었다고 했다. 엄마는 손으로 뭐라도 하고 있자는 심산으로 앞에 놓인 무거운 책을 펼쳐들었다. 사람들이 부르는 노래를 전부 이해하진 못했지만 어쨌든 입술을 움직였다. 마치 시민권 선서식 같았다. 선서를 이해하든 못하든 입술을 움직여야 했다.

얼마 후 어떤 이유에서인지 엄마는 교회에 흥미를 잃은 듯했다. 그 이유는 말하지 않았다.

첫 월급을 받은 아빠는 필수품이 아닌 것을 사고 싶어했다. 우리는 새로운 나라에서 살고 있었다. 사치품을 소유하겠다는 거창한 생각을 품을 수 있었다. 엄마는 출근 때 버스를 탈 필요가 없도록 자동차를 제안했지만 그건 예산 밖이었다. 친구들이 데려가준 고급 레스토랑도 고려해봤지만, 버터에 구운 두꺼운 스테이크가 별로였다. 테이블에 매운 향신료와 허브를 넣고 만든 피시 소스도 없었다. 매트리스를 올려둘 침대 프레임을 사는 것도 생각해보았지만 침대는 그 위에서 잠을 자면 그뿐 남들에게 보여줄 수 없었다. 아빠가 첫 월급으로 살 수 있는 건 많았지만, 결국 레코드플레이어를 사기로 결정했다. 라오스에서 부자들만 사는 물건이었다.

엄마는 레코드플레이어가 가져다준 통제력을 사랑했다. 라디오를 들을 때는 듣고 싶은 게 나올 때까지 기다려야 했다. 좋아하는 노래를 다시 듣기까지 며칠이 걸리기도 했다.

이제 엄마는 언제든지 검은색 레코드판 위에 바늘을 떨구고 판이 빙글빙글 도는 것을 바라보며 좋아하는 노래를 들을 수 있었다. 그후로 엄마는 라디오를 듣지 않았다.

시간이 지나 TV와 VCR을 살 여력이 되자 엄마는 컨트리 음악 시상식을 비디오테이프에 녹화했다. 수상 후보들의 이름이 발표되고 나면 엄마는 자신이 택한 수상자 이름을 외쳤다. 자기 예상이 빗나가면 각 부문의 수상자 이름을 외워두었다가 비디오테이프를 되감기하고 다시 수상자 이름을 외쳤다. 돌리 파튼이 후보로 지목될 때마다 그녀를 선택했고, 그 예상은 빗나간 적이 없었다. 엄마는 외쳤다. "내가 이겼어!" 나는 엄마가 왜 그러는지 이해할 수 없었다. 수상자를 맞혔을 뿐 아무것도 아니었다.

엄마가 가장 사랑한 노래는 랜디 트래비스의 노래였다. TV에서 랜디 트래비스의 신곡 뮤직비디오를 볼 때마다 그녀는 재빨리 녹화 버튼을 눌렀다. 다른 일은 전부 머릿속에서 스르륵 빠져나갔다. 화면에 얼굴을 바짝 갖다댄 채 무릎을 꿇고는 손을 뻗어 되감기와 재생 버튼을 누르고, 그가 노래하는 장면을 보고 또 보았다. 버튼 위의 표시는 얼마 후 닳아서 희미해지더니 없어졌다.

그쯤 되었을 때 엄마는 늘 하던 집안일도 그다지 신경쓰지 않았다. 빨래는 했지만 건조대에서 옷을 걷어 개지는 않았고, 설거지는 했지만 그릇의 물기를 닦고 찬장에 정리하지는 않았다. 그러다 냉동 간편식을 발견했다. 몇 분이면 데울 수 있었다. 한동안 나는 그런 식사를 좋아했다. 친구들도 다들 집에서 그렇게 먹었다. 나는 매시드포테이토, 옥수수, 스테이크, 로스트치킨을 정말 좋아했다. 아빠는 아니었다. 그는 파파야 샐러드, 빠덱*, 절인 양배추, 블러드 소시지, 찰밥을 원했다. 하지만 그런 음식을 준비하려면 며칠이 걸렸고 재료를 구하려면 한참 버스를 타고 차이나타운에 있는 시장까지 가야 했다. 피시 소스를 발효시키고, 절임을 만들고, 생닭을 조각내고, 쌀을 불리려면 시간이 걸렸다. 엄마는 그 시간을 랜디 트래비스 노래를 듣는 데 쓰고 싶어했다.

아빠는 랜디 트래비스와 전혀 달랐다. 아무도 아빠가 어떤 사람이고 생계를 위해 무슨 일을 하는지 알지 못했다. 그는 사랑이라는 말을 해본 적이 없었고 딱히 감정을 드러내지도 않았다. 엄마 생일에는 20달러짜리 지폐 몇 장을 주었다. 심지어 생일 카드나 저녁 데이트 계획도 없었다. 아빠는 가만히 있기만 해도 사랑을 충분히 보여줄 수 있다고 생각했다.

* 생선 젓갈의 일종.

침묵이 사랑이고, 자제심이 사랑이라고 생각했다. 그것을 소리 내어 말하고, 완전히 드러내 보이는 건 창피함을 모르는 짓이라고, 사랑에 대해 주절거리는 건 우습다고 생각했다. 랜디 트래비스는 어떤 남자이기에 건강, 외모, 명성, 돈을 갖고도 그렇게 주절거리는 걸까?

어느 아침 엄마가 청소년 잡지 〈밥Bop〉을 사 오라고 내게 돈을 주었다. 잡지 뒤쪽에서 랜디 트래비스의 주소를 찾기 위해서였다. 그녀는 앞쪽에 분홍색 하트가 찍힌 카드를 가져왔는데, 영어를 읽거나 쓸 줄 몰랐기에, 그에게 보낼 짧은 편지를 써달라고 내게 부탁했다. 나는 무슨 말을 써야 할지 몰랐다. 분명 일곱 살쯤이었을 것이다. 어린 내가 어른들의 사랑의 언어에 대해 뭘 알겠는가? 엄마가 머리카락을 손가락에 돌돌 말며 피식거리는 동안, 나는 첫 문장을 어떻게 시작해야 할지조차 정하지 못하고 가만히 있었다. 나는 엄마의 행동이 마음에 들지 않았고, 랜디 트래비스가 만일 답장이라도 쓰면 아빠에게 무슨 일이 벌어질까봐 두려웠다.

그래서 나는 썼다. 당신이 싫어요.

엄마는 내가 뭐라고 썼는지 알 리 없었다.

나는 당신을 영원토록 사랑합니다, 라고 썼다고 말했다. 그의 노래처럼.

엄마는 미소를 짓더니 그 아래에 자기 이름을 써넣었다.

우리는 랜디 트래비스에게 이런 카드를 끊임없이 보냈고, 아무도 답장해주지 않았지만 엄마는 카드를 계속 보내야 한다고 고집을 부렸다. 나는 쓸 만한 말들을 떠올리려고 애쓰며 학교 화장실에 적힌 말이나 건물 외벽에 스프레이 페인트로 적힌 말을 생각해보았다. 넌 못생겼어. 집으로 돌아가. 실패자. 엄마는 가끔 내가 무슨 말을 할 틈도 없이 자기 이름을 써넣고는 편지 봉투에 봉인하고, 우리집 골목 모퉁이에 있는 우편함의 어두운 구멍으로 밀어넣었다. 이렇게 보낸 카드가 분명 수백 장에 달했을 것이다. 그러는 동안 우표와 봉투에 계속 돈을 썼다. 엄마는 언제나 답장이 오기를 바랐다. 이 나라에 오려고 했던 일들과 그다지 다르지 않다고, 그녀는 말했다.

물론 나는 아빠가 엄마의 집착을 멈출 수 있으리라 생각했다. 그래서 아빠에게 말했다. 상황은 점점 손쓸 수 없는 지경이 되어갔다. 그즈음 나는 숙제가 있다고 핑계를 댔다. 엄마를 더이상 도와주지 않으면 편지를 보내지 못하리라 생각했다. 하지만 엄마는 자기 이름만 써넣은 카드를 계속 부쳤다. 나는 그 카드 중 하나를 아빠에게 보여주었다. 그는 엄마의 서명을 가리켰다. 고리와 매듭처럼 보이는 그것은 꼭 프레첼 같았다. 아빠가 웃으며 엄마에게 말했다. "랜디 트래비스는 영어밖에 못 읽어. 당신 이름을 보고 낙서인 줄 알걸. 당신이 아는 그 주소 말이야, 사람들이 거기서 뭘 하는지 누가 알겠어. 잘은 몰라도 그 카드들은 쓰레기통으로 직행할 거야."

그래도 엄마는 자신의 라오어 이름이 적힌 카드를 계속 보냈다. 랜디 트래비스는 그녀가 생각하고 말할 수 있는 전부였다. 주방 싱크대 수도관이 막혔는데 아빠가 고치는 법을 모르자 엄마는 이렇게 말했다. "아, 장담하는데 랜디 트래비스는 방법을 알 거야." 저녁식사 자리에서는 이렇게 말한 적도 있었다. "장담하는데 랜디 트래비스는 나랑 식사를 하고 싶어할걸." 그녀는 창문 밖의 하늘을, 달과 해나 구름을 빤히 올려다보며 말했다. "랜디 트래비스가 어디에 있든, 그 사람도 지금 나랑 똑같은 걸 보고 있을 거야."

아빠는 랜디 트래비스 얘기가 지겨워질 수밖에 없었고 결국 엄마에게 슬픈 듯이 말했다. 그 유명한 남자의 삶과 우리의 삶이 마주칠 일은 절대 없을 거라고. "그 사람은 우리가 존재하는지도 몰라. 우린 그 사람에게 비치는 햇살 한줄기보다도 못해." 아빠는 그렇게 말하며 손가락으로 구멍을 만들어 눈앞에 갖다대더니 꽉 쥐어 보였다. 하지만 그런 말로 엄마의 랜디 트래비스 사랑을 멈출 수는 없었다. 랜디 트래비스에 대한 사랑은 그림자처럼 엄마를 온통 뒤덮은 듯했고, 우리가 할 수 있는 일이라곤 빛이 들기를 기다리는 것뿐이었다. 엄마는 심지어 옷도 돌리 파튼처럼 입기 시작했다. 그녀가 바로 그가 원하는 여성이라고 생각했기 때문이다. 금발로 염색하고 빗으로 볼륨을 넣은 뒤 올려묶었다. 그의 노래를 틀어놓고 창가에 앉아, 그가 차를 끌고 와서 자신을 데려가기라도 할 것처럼 창밖의 거리를 바라보며 기다렸다.

랜디 트래비스에 대한 사랑이 조금이라도 자신에게 옮겨오길 바라면서 아빠는 엄마가 누군가의 집 앞마당에서 사 온 카우보이 부츠를 신기 시작했다. 얼마 지나지 않아 아빠도 랜디 트래비스처럼 청바지와 플란넬 셔츠 차림이 되었다. 그는 엄지를 청바지 벨트 고리에 끼워넣고 짝다리를 짚고 서곤 했다. 아빠의 이런 변화를 바라보며 엄마는 행복해했다. 하지만 엄마가 노래를 불러보라고 시켰을 때 아빠는 멋지게 실패하고 말았다.

아빠는 노래 가사를 어떻게 발음해야 할지 몰랐다.

기대에 찬 엄마의 환한 미소가 사라진 뒤에도 아빠는 더욱 크게 후렴구를 부르며 모음을 길게 빼고 남부식 억양을 흉내 내려 애썼다. 아빠는 스타가 아니었다. 유명 인사도 아니었다. 아빠는 생계를 위해 가구를 박스에 포장하는 일을 했다.

그의 노래를 들으려고 돈을 내는 사람은 없었지만, 아빠는 상관하지 않았다. 엄마가 바라는 모습이 되고자 노력할 뿐이었다.

어느 날 아빠가 가족이 다 함께 랜디 트래비스 콘서트에 갈 거라고 말했다. 그가 말했다. "엄마가 원하는 거야. 엄마를 위해서 가야 해." 그는 차를 빌렸고 우리는 남쪽으로 내려갔다. 그 시절에 온라인 예매 같은 건 없었다. 표는 콘서트장에 있는 매표소에서만 살 수 있었다.

엄마는 몹시 신나서 아빠가 먹고 싶어하는 요리를 만들었다. 삼일 동안 불린 찹쌀로 밥을 지었고, 밥을 띱카오*에 넣은 뒤 온기를 유지하기 위해 천으로 감쌌다. 파파야 샐러드를 만들어 건새우를 으깨 넣었고, 메추라기 두 마리를 튀겨 알루미늄 호일로 감쌌다. 그전까지 나는 라오스 음식이 얼마나 아름다운지 몰랐다. 냉동 간편식의 노란색과 갈색의 밋밋한 음식에 비하면 라오스 음식은 마치 고향의 맛처럼 느껴졌다. 함께 차려놓으니 강렬하고 밝은 색들이 눈에 띄었다. 입안에서 터지는 맛은 선명했다. 식사 때마다 특별한 날 같았다. 그

* 라오스 전통 도시락으로, 대나무 혹은 라탄 등을 엮어 만든다.

음식들은 엄마의 고향과 그녀의 사랑을 떠올리게 했다. 그제야 나는 아빠가 왜 이 음식들을 고집했는지 깨달았다.

콘서트장으로 가는 길에 본 건 딱히 기억나는 게 없다. 숫자 75가 적힌 파란색과 빨간색 표지판 외에는. 우리는 며칠 내내 그 도로를 따라 갔다. 차창 밖으로 보이는 풍경도 딱히 없었다. 파란 하늘에 밑줄처럼 그어진 검은 전깃줄만 보이다가 나 자신을 바라보는 나의 작은 얼굴만 보였다.

콘서트장에서 우리 좌석은 높은 관중석 맨 끝자리였다. 나는 무대 위에 있는 게 정말 랜디 트래비스인지 알 수 없었다. 그의 얼굴은 머리핀만했다. 나는 왼쪽 눈을 감고 엄지와 검지로 그의 크기를 재보았다. 내 두 손가락 사이의 그는 기껏해야 1인치를 넘지 않았다. 어째서인지는 몰라도 나는 두 손가락을 붙여 그의 모습을 가려버렸다. 그가 노래를 시작하자 나는 감고 있던 한쪽 눈을 떴고 무대 위에 있는 사람이 랜디 트래비스라는 걸 실감했다. 그의 목소리는 테이프에 녹음된 것과 정확히 일치했다. 그는 무대 위를 많이 돌아다니지 않았다. 거의 한자리에 서서 기타를 칠 뿐이었다. 관객들이 일어서서 박수 칠 때마다 시선을 내리까는 모습이 수줍어 보였다. 그는 칭찬에 감사를 표하듯 고개를 끄덕인 다음 다른 노래를 시작했다. 딱히 누군가를 쳐다보지는 않았다. 눈에 띄게 누군가를 향해 노래를 부르지도 않았다. 그는 관객들을 응시했고 스포트라이트는 내가 난생처음 보는 광채로 그를 빛냈다. 그는 반짝였다. 드문드문 우리 쪽으로 손을 흔들면 엄마도 손을 흔들어 보였다. 하지만 그에게 우리는 어둠 속 까만 점에 불과했다. 아빠가 우리를 콘서트에 데려오기 위해 치른 대가를 떠올렸다. 그가 다른 사람의 가구를 들어올려 포장한 뒤 우리는 결코 살 수 없을 집으로 배달하던 시간들을. 랜디 트래비스를 더 가까이서 볼 수 있는 형편이 되는 사람들의 집으로. 우리가 앉은 곳에서 무대 조명이 그들의 머리를 비추었고 그들은 환히 빛났다.

콘서트가 끝나고 우리는 십대 여자아이들과 함께 투어 버스 옆에서 기다렸다. 나는 너무 작아서 사람들의 뒷모습밖에 볼 수 없었다. 아빠가 엄마의 손을 잡으려고 손을 내밀었지만 놓치고 말았다. 그는 양손을 주머니에 넣은 채 카우보이 부츠를 향해 고개를 떨구었다.

지금 돌이켜보면, 몇 년 뒤 엄마가 정신을 쏟을 다른 무언가를 찾았다는 게 놀랍지 않다. 이번에는 슬롯머신이었다. 엄마가 바짝 붙어앉은 기계는 그녀의 얼굴을 환히 비추었고 동전과 함께 그녀의 희망을 하나씩 집어삼켰다. 무언가에 희망을 거는 건 엄마에게 낯선 일이 아니었다. 그건 우리가 이 낯선 땅에 정착하게 된 이유이기도 했다. 엄마는 습관처럼 집에 들어오지 않았고, 거의 매일 밤 카지노 주차장에 세워 둔 차에서 잠을 잤다. 아빠는 그녀를 기다리며 밤을 지새웠다. 오래 지나지 않아 그녀가 주차장에서 쓰러진 채 발견됐다는 연락을 받았다. 때때로 사람은 죽는다. 그 죽음에 반드시 이유가 있을 필요는 없다. 인생은 원래 그런 것이다.

이렇게 말하면 안 될지도 모르지만, 그때 나는 그렇게 된 게 오히려 엄마에게 잘된 일이라고 생각했다.

지난달, 나의 마흔두번째 생일이었다. 아빠를 만나러 그 오래된 아파트로 갔다. 바깥 풍경을 제외하면 모든 것이 똑같았다. 한때 공원이 있던 곳에는 건물이 들어섰다. 이제 아파트에는 빛이 들지 않는다. 아빠는 지갑을 꺼냈다. 갈색 가죽 지갑의 가장자리는 닳아 있었다. 영수증, 동전, 민트 사탕이 들어 있었다. 아빠는 20달러짜리 지폐 뭉치를 꺼내 내게 건넸다. 하지만 나는 필요 없다는 의미로 손사래를 쳤다. 아빠는 내가 뭐라도 먹었는지 물었고 내가 먹지 않았다고 답하자 생강으로 양념해 튀긴 생선, 파파야 샐러드, 찰밥을 담은 접시를 내왔다. 대화는 거의 없었다. 그저 먹을 뿐이었다. 파파야 샐러드를 한입 먹자 목이 멨다. 발효된 피시 소스는 지문과 같아서 만드는 사람에 따라 그 맛이 천차만별이다. 아빠는 소스에 게살을 넣었다. 수년 간의 발효를 거친 소스는 걸쭉하고 짙었다. 엄마의 소스는 달랐다.

저녁식사를 마치고 아빠와 나는 거실에서 TV를 보았다. 아빠가 컨트리음악 채널을 틀었는데 마침 랜디 트래비스 특집이 방송되고 있었다. 우리는 뮤직비디오를 몇 편 보았다. 아빠는 자리에서 일어나 노래방 기계를 켰다. 오래전 아빠가 가사와 발음을 몰라 제대로 부르지 못한 게 떠올라 초조해졌다. 하지만 기계의 도움을 받은 아빠는 어떻게 해야 할지 잘 알고 있었다. 하나뿐인 관중인 나는 기계에 바짝 붙어 앉았다. 악기 연주가 시작되고 가사 위에 흰 점이 찍혔다. 그리고 그가 입을 뗐다. 나는 깜짝 놀랐다.

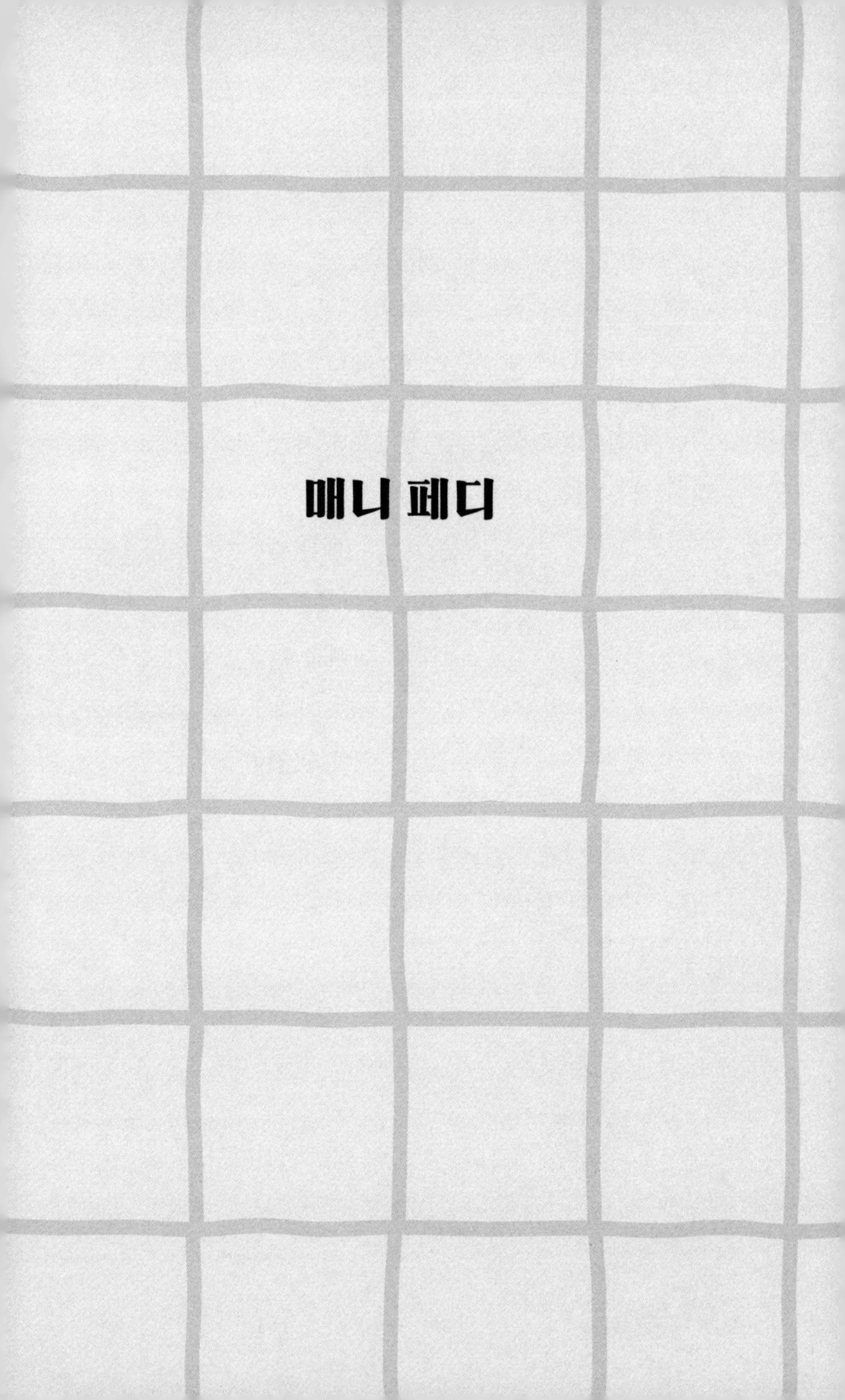

매니 페디

천장에는 밝은 산업용 조명이 가지런히 줄지어 매달려 있었다. 레이먼드는 탈의실에 혼자였다. 경기에서 지면 항상 그랬다. 그는 이렇게 되리라는 걸 알았다. 사람들은 오로지 우승, KO, 그가 얼마나 기대에 못 미쳤는지에 대해서만 떠들어댔다. 하지만 그에게 복싱의 기쁨이란 누구도 알아채지 못할 만큼 세세한 것들이었다. 그는 이 자리에 이르게 해준 모든 걸 사랑했다. 똑같은 일상, 훈련, 자제심. 경기를 앞두고 양손에 붕대를 감고 권투 장갑을 착용하고, 그의 심장이 뛰고, 링에 올라 권투 장갑을 맞부딪치기까지의 찰나의 순간들. 아무것도 결정되지 않은 순간, 그가 이번에는—이번 한 번만은—이길지도 모른다는 가능성이 그 어느 때보다 충분하고, 해야 할 일이라고는 경기장에 발을 들여놓는 일뿐일 때. 승리를 거머쥐지 못하더라도, 링 위에 있다는 건 그가 경기의 아주 작은 일부가 되어 챔피언을 아주 가까이에서 볼 수 있다는 걸 의미했다. 그가, 레이먼드가 그 자리에 있음을 의미했다.

레이먼드가 가장 좋아하는 건 코너에서 누나의 목소리를 듣는 일이었다. 레이먼드는 흥분한 관중의 소리를 들었다. 그들이 외치는 구호, 고함, 야유를 들었다. 하지만 관중의 소리가 아무리 커도 누나의 목소리는 언제나 그 소리를 뚫고 들려왔다. 그녀는 레이먼드를 자극하는 상대 선수나 관중에게 욕을 퍼붓곤 했다. 그는 빈손으로 시작했고 어쨌든 꿋꿋하게 버티며 노력했다. 그게 용기가 아니라면 무엇인지, 그는 알 수 없었다.

레이먼드는 링 위에서 일어난 일들을 인지하지 못했다. 잽과 펀치가 몰아쳤고 그후 의식을 잃었다. 당시에는 아픔이 전혀 느껴지지 않았다. 나중에 찾아온 고통은 마치 새로 생겨난 뼈처럼 그의 몸에 단단히 박혔고 내면의 슬픔만큼 컸다. 그는 시합 전부터 패배를 예감했다. 링 위에 올라가면 팔도 머리도 들 수 없고 상대 선수의 얼굴을 볼 수도 없고 자신이 링 위에서 뭘 하고 있는지조차 알 수 없다는 것을 확실히 알았다. 링 위에서는 제대로 생각할 수 없었다. 발을 충분히 빠르게 움직일 수도, 날아오는 펀치를 피할 수도 없었다. 펀치는 그의 얼굴 한가운데에 내리꽂혔다. 빠르고, 강하게, 순식간에. 레이먼드는 날아오는 펀치에서 눈을 떼지 않는 훈련을 했지만 그저 가만히 서서 바보처럼 기다릴 뿐이었다. 누나가 그를 위해 녹화해놓은 비디오테이프를 돌려보면 펀치의 충격이 그의 코, 뺨, 머리카락에 어떻게 물결치며 퍼져나가는지 슬로모션으로 볼 수 있었다. 모든 게 끝난 뒤에는 시야를 뒤덮은 작은 점들, 그 검은색 빛 외에는 아무것도 볼 수 없었다. 그러면 싸움을 끝내야 할 때라는 걸 깨달았다. 챔피언이 될 가능성을 놓아주어야 했다. 그는 사실상 연습 상대가 되고 만 것이다. 단지 누군가의 펀치 대상, 승리의 벨트에 이르기 위해 뚫고 지나가야 하는 몸뚱이에 불과했다. 그렇다면, 정말 그렇다면 그만두겠다고 그는 말했다. 이렇게 떠나고 싶진 않았지만 이제는 끝이었다. 그도 그 사실을 알았다.

자기 것인 줄 알았던 자리를 잃어본 사람이 세상에 레이먼드 한 사람뿐이랴마는, 당시 그는 그렇게 느끼지 않았다. 그는 창문이 하나뿐이고 곰팡이가 핀 차디찬 반지하 단칸방에 살았다. 처음에는 그래도 가끔은 하늘을 볼 수 있으리라 생각했지만, 바닥이 충분히 낮지 않아 신발과 부츠, 하이힐밖에 보이지 않았다. 발들만.

레이먼드의 누나는 혼자서도 잘 헤쳐나갔다. 그녀는 버드스파앤드살롱의 주인이었다. 홍보 슬로건인 "손발톱! 싸요! 싸요!"는 귀에 쏙쏙 들어왔다. 누나는 그와 함께 일하고 싶어했다. 학교든 어디든 다니며 교육을 받을 필요도 없고, 그저 그녀의 말만 들으면 된다고. 링 위에서와 똑같을 거라고 했다. 링 위 코너에 있을 때처럼 누나는 그에게 소리칠 테고 그는 나가서 일을 해내면 되는 것이었다.

하지만 레이먼드는 쇼핑몰에서 여러 가지 맛 아이스크림을 퍼주는 일을 구했고, 그 일이 끝나면 밍밍한 양배추를 볶는 일을 했다. 몇 주간 누나를 만나지 않았다. 그녀에게 전화를 걸지도, 그녀가 건 전화를 받지도 않았다. 하지만 누나는 다시 전화하지 않는 그를 가만두지 않았다. 어느 밤 찾아와 앞으로 무엇이 될 작정이냐고, 어떻게 살아갈 생각이냐며 걱정했다. 누나는 마치 비련의 여주인공처럼 굴었다. 레이먼드의 아파트 열쇠를 가지고 있던 그녀는 문을 박차고 들어와 그의 가슴을 쳤다. 소나기 빗방울 같은 작은 주먹으로. 설사 그가 더 나은 삶을 원치 않더라도 자신은 그걸 바란다고 말했다. 누나는 돌아가신 부모님 이야기를 꺼냈다. 절박하게 중요한 이야기를 할 때마다 그랬다. "네 입에서 '아이스크림에 스프링클 뿌려드릴까요?' 같은 말이나 나오게 하려고 부모님이 아무도 들어본 적 없는, 폭탄으로 초토화된 나라 라오스에서 전쟁통에 망할 놈의 대나무 뗏목을 타고 떠나온 게 아니라고." 그녀가 레이먼드의 뺨을 때리며 말했다. "레이먼드, 네가 쇼핑몰에서 요리한 거, 내가 토한 게 그거보다 나을 거야!" 그는 네일 살롱에 합류하기로 했다. 누나를 진정시키기 위해서였다. 얼마 지나지 않아 그는 전화기에 대고 이렇게 말하고 있었다. "안녕하세요, 버드앤드스파살롱입니다. 손톱 발톱을 가꿔드립니다, 싸요! 싸요!"

처음에는 바닥을 대걸레로 닦고 매니큐어 리무버, 큐티클 오일 등 뭐든 바닥이 보이면 채워넣었다. 모두의 시간을 절약해주기 위해 종이 타월을 정사각형 모양으로 깔끔하게 잘라놓았다. 스위치를 켜서 제모용 오일을 데웠다. 일이 익숙해지자 누나는 매니큐어와 페디큐어를 바르고 눈썹이나 인중을 제모하는 걸 옆에서 지켜보라고 했다. 레이먼드는 환골탈태한 손님들을 보며 몹시 놀랐다. 링 위에서와 마찬가지로 변화가 일어났다. 대신 정반대의 변화였다. 그들은 경기를 마치고 온 사람처럼 처진 어깨에 슬프고 지친 모습으로 들어왔지만, 떠날 때는 근심 없고 행복하고 개운해 보였다. 그는 복싱 선수들의 부상과 그 부상이 링 밖에서의 삶에 미친 일을 떠올려보았다. 그런 삶도 삶이라고 부를 수 있다면 말이다. 경기가 끝나고 일 년이 지나도록 깨어나지 못한 남자가 있었다. 자신감을 회복하지 못하고 훈련을 중단한 채 하루종일 도넛을 먹으며 모든 커리어를 버린 남자도 있었다. 그리고 세상을 떠난 남자도 있었다. 레이먼드는 검은색 빛만 바라보면서 작은 깜박임이 사라지기를 기다리던 때가 생각났다. 다음 라운드가 시작된다는 걸 알려주는 종이 울리기를 기다리던 때를. 그가 아는 한 복싱은 살롱에서 일상적으로 하는 일과 달리 좋은 영향을 주지 못했다.

누나의 살롱에서 일하던 여자애 중 하나가 심한 기침 증상이 가시지 않아 갑자기 그만두게 되자, 레이먼드는 그만의 작업대를 얻게 되었다. 처음 한 일은 용품과 로션이 담긴 플라스틱 바구니를 왼편에 두는 일이었다. 누나는 마음에 들어하지 않았다. "젠장, 레이먼드. 너 지금 나한테 왼손잡이 행세라도 하는 거니? 넌 오른손잡이잖아. 용품은 오른쪽에 놔야지. 젠장! 복싱할 때나 왼손으로 하지 그랬어. 왼손잡이랑 싸우는 게 얼마나 어려운지 알잖아. 모든 걸 거꾸로 하니까. 이제 와서 왼손잡이가 되기엔 너무 늦지 않았니?"

레이먼드는 아무 말도 하지 않았다. 그저 바구니를 오른쪽으로 옮겨놓을 뿐이었다. 그는 누나와 언쟁을 하거나 누나에게 말대꾸하는 걸 좋아하지 않았다. 누나는 항상 그뿐만 아니라 모든 걸 돌보아왔다. 그녀는 거칠게 말했고, 실제로도 거칠었지만 마음씨는 착했다. 그 두 가지가 양립하는 게 가능했다.

누나는 플라스틱 모형 손으로 그에게 연습을 시켰다. 문제는 그 손이 어디에 고정되어 있는 게 아니라는 점이었다. 손목이 잘린 손은 하이파이브를 기다리는 것처럼 허공에 뻗어 있었다. 하트를 그리거나 점을 찍을 때는 더 편한 각도로 움직일 수 있었다. 누나는 말 한마디 없이 그를 지켜보았다. 레이먼드가 작업을 끝내자 그녀는 플라스틱 손을 집어들고 그의 면전에 흔들어대며 말했다. "손은 망할 놈의 몸이랑 붙어 있잖아! 젠장, 손님 손을 360도 돌려서 하트를 그려넣을 수는 없다고! 그리고 이게 원래 그리려던 게 맞니, 레이먼드? 이 빌어먹을 하트가? 나한테는 구역질나는 똥덩어리처럼 보이는데."

누나는 뒤편의 빈자리에 플라스틱 손을 툭 던져놓고, 레이먼드를 위해 마련된 작은 작업대를 치운 다음 양손을 내밀었다. "여기," 그녀가 말했다. "나한테 해봐." 오랫동안 다른 이의 손톱을 손질해준 사람치고 누나의 손톱은 별 볼 일 없었다. 손톱은 너무 길고 끝은 노랬다. 피부는 건조하고 거스

러미가 일어 있었다. "네 망할 놈의 표정 좀 보라지! 네가 이 손톱을 보고 뭔 생각을 하는지 알겠다. 나는 매니큐어를 칠해봤자 손님들에게 리무버 작업을 할 때 다 지워진단 말이야. 그리고 빌어먹을 젤 매니큐어는 안 발라. 오지게 비싸거든." 그가 손톱을 자르기 시작하자 그녀가 덧붙였다. "내가 손님이라고 생각하고 말 걸어봐. 해봐. 나의 하루, 날씨에 관해 묻거나 뭔가 좋은 말을 해봐. 대화를 시도해보라고." 레이먼드는 무슨 말을 할 수 있을지 생각해내려 했지만 그가 입을 열기도 전에 누나가 그를 안심시켰다. "이런 건 너무 걱정하지 마. 손님들은 네가 영어를 못 한다고 생각하고 말을 안 걸 거야. 그래도 괜찮아. 대화는 피곤하니까. 손님의 아이들이나 남편이나 남자친구가 이번 주말에 무슨 빌어먹을 짓을 할지 난 관심 없어. 피곤하거나 관심이 안 가서 손님과 대화하고 싶지 않으면 그냥 날 보면서 라오어로 말해. 그럼 우리가 자기 얘기를 하는 줄 알고 바로 닥칠 테니까."

저렴한 손발톱 관리를 위해 그가 해야 하고 기억할 게 참 많다고, 레이먼드는 생각했다.

레이먼드는 작업중에 실수가 잦았다. 브러시에 너무 많이 묻은 매니큐어를 병 입구에 덜어내는 걸 깜빡하고 두껍게 칠

했다. 매니큐어가 말랐는지 확인하려 손님의 손톱을 너무 일찍 건드렸다가 지문을 남기기도 했다. 또 큐티클을 너무 바짝 깎아서 손톱 모양을 필요 이상으로 길게 만들어버렸다. 실수를 할 때마다 모든 작업을 다시 시작해야 했고, 이십 분이면 될 작업을 가지고 한 시간씩 잡아먹곤 했다. 하지만 누나가 그에게 배정한 손님들은 참을성이 있었고, 그가 그린 하트가 누나 말처럼 똥덩어리처럼 보여도 아무 말도 하지 않았다. 누구도 불평하지 않았다. 손님들이 떠나면 누나는 말했다. "그거 알아, 레이먼드? 내가 너처럼 했으면 호되게 욕을 얻어먹었을 거다. 근데 너한테는 다들 뭐라고 하디? '어머 총각, 천천히 해도 돼' '걱정하지 마, 자기. 잘하고 있어.'" 손님 흉내를 내는 누나의 높은 목소리는 짜증을 유발했다. 그녀는 한 손은 허리께에 놓고 서서 다른 팔을 이리저리 휘둘렀다. 그는 누나와 일하는 게 재미있다는 걸 인정할 수밖에 없었다. 그녀는 언제나 그를 웃게 하는 법을 찾아냈다.

시간이 흐르자 일은 점점 쉬워졌다. 매일 정해진 일과가 있었고 그는 그냥 따르기만 하면 되었다. 누나는 레이먼드가 전직 권투 선수라는 걸 자랑하길 좋아했고, 손님들은 크고 건장한 전직 파이터가 자신들의 작은 손을 다루는 걸 좋아하는 듯했다. 어떤 이들은 남자가 손을 만지는 걸 불편해할지도 모르지만, 누나는 손님들이 근육질 남자의 부드러운 손길을 받는 걸 멋진 경험이라 생각할 거라고 했다.

레이먼드는 끊임없는 반복과 무슨 일을 해야 할지 가늠하는 데 능했다. 체육관에서 하던 스파링과 다르지 않았다. 빠르게 생각하고 행동하며 앞일을 예측해 대응하는 일. 모든 손님은 각각 다른 것을 원했지만, 모두가 필요로 하는 기본적인 것도 몇 가지 있었다. 그는 매니큐어를 지우고, 손발톱을 깎고, 큐티클에 오일을 바르고, 깨끗한 표면과 모양을 위해 큐티클을 제거했다. 모양이랄 게 없는 경우도 있었다. 곧고 납작하게 자란 손발톱은 네일 파일로 둥그스름하게 모양을 만들어줘야 했다. 그는 네일 파일을 45도로 기울인 채 어디를 둥글게 다듬을지 고심했다. 둥글게 다듬을 부분을 결정하기란 애매했다. 처음에는 코와 입을 가리는 마스크를 쓰고 장갑도 꼈지만, 그럼 도구를 제대로 쥐기도 어렵고 손님들이 그의 말을 알아듣지도 못했다. 며칠이 지나자 그는 장갑과 마스크를 벗어버리고, 몸속으로 들어와 폐를 긁는 손톱 파편들에 자신을 노출시켰다.

매니큐어는 색이 다양했다. 레이먼드는 그걸 전부 기억할 수 없어서 손님이 출입문으로 걸어들어오자마자 색을 하나 고르게 했다. 슈림프 선데이 오렌지, 퍼니 쿨 퍼플, 더블 펄

서낼러티 블루, 얼터 에고 핑크. 매니큐어의 이름과 색상이 벽을 따라 진열되어 있었다. 손발톱을 다듬는 남자를 보는 건 정말 흔치 않았으므로, 혹은 기분좋은 추파를 즐겼으므로, 손님들은 그에게 20 내지 30달러를 팁으로 주었다. "당신의 작은 숙녀에게 선물 하나 해줘요" 혹은 "나가서 재미있는 시간 보내는 데 써요"라는 말과 함께. 항상 가게 상황을 면밀히 살피는 누나가 말했다. "젠장! 나는 운이 좋아봤자 2달러, 3달러밖에 못 받는데. 네가 빌어먹을 남자라서 그래, 그렇지 않아? 내가 창업하고 소유한 사업장에서도 남자가 돈을 더 잘 벌다니. 그리고 팁을 뿌려대는 게 여자들이고. 그 여자들이 뭘 몰라!" 그녀가 화가 난 채 지켜보는 동안 레이먼드는 팁을 셌다. 그렇게 쌓인 팁은 종종 매니큐어와 페디큐어를 칠하고 번 돈보다 더 많았다.

레이먼드가 이 일에서 좋아하지 않는 부분이 하나 있다면 발가락이었다. 손님들의 발가락을 만지기 시작하고 몇 주밖에 지나지 않았는데 양손에 사마귀가 돋았다.

누나가 말했다. "역겨워! 네가 일하는 동안에는 그 끔찍한 걸 아무도 보지 못하게 해야겠다! 좀 쉬는 게 좋겠어. 게다가 전염될지도 모르잖아. 젠장할, 모르겠다. 내가 장갑 착용하라고 했잖아!"

레이먼드는 손에 난 사마귀 하나를 쿡 찔러보고 움찔했다.

누나가 말했다. "너 이거 때문에 일 그만두는 건 아니지, 그치? 알잖아, 사람들이 너 보러 온다는 거. 여기가 아니면 널 못 보니까."

그러나 그가 걱정한 건 사마귀가 아니었다. 사마귀는 심한 두통과 검은색 빛, 허튼소리를 중얼거린다거나 죽는 것처럼 권투에서 일어날 수 있는 나쁜 일들에 비하면 아무것도 아니었다. 사마귀는 결국 없어진다. 레이먼드를 괴롭히는 건 그게 아니라 발냄새였다. 냄새는 그의 콧구멍 속 모공으로 들어와 모낭처럼 뿌리를 내렸다. 마치 상한 우유처럼 그 냄새는 그의 일부가 되어갔다. 언제나 그를 떠나지 않는 그 냄새 때문에 그는 자신의 생업을 결코 잊을 수 없었다. 목구멍 안쪽에서 발냄새 맛이 나기 시작했다. 곧 음식도 온전히 즐길 수 없게 되었고, 그래서 몸무게가 줄었다. 하지만 누나는 살이 빠지면 그를 보러 오는 손님들이 더 늘어날 테니 잘되었다고 말했다. 그녀는 몸에 딱 달라붙는 까만색 티셔츠를 가져다주며 입으라고 고집했다. 달라붙는 옷을 입은 레이먼드는 불뚝 튀어나온 팔뚝과 목의 근육 때문에 마치 속을 과하게 채워넣은 소시지처럼 보였다. 누나가 말했다. "잘해봐, 레이먼드. 네가 가진 걸 부끄러워할 필요 없어. 근육에 힘을 줬다가 풀어봐. 여기선 그게 필요해. 여긴 그냥 손발톱만 다루는 곳이 아니야. 손발톱 다듬는 건 누구나 할 수 있어."

레이먼드는 여자 손님에게서 사마귀가 옮은 건 아니라고 확신했다. 여자들은 대부분 스스로를 가꿨다. 수년간 살롱과 스파를 다닌 덕에 그들의 발톱은 이미 깨끗하고 손질이 잘되어 있었다. 그는 남자들을 탓했다. 평생 발 관리를 받아본 적도 없고 두꺼운 양말과 가죽 부츠를 일 년 내내 신고 있는 건 주로 남자들이었다. 손질되지 않은 발을 여자 관리사에게 보여주는 게 너무 부끄러웠던 남자들은 살롱에 남자 직원이 나타나자 전부 그에게 왔다. 굳이 언급하거나 아는 체하지 않아도, 같은 남자인 레이먼드는 알았다. 그들의 발이 그렇게 엉망인 이유는 단지 발을 내놓고 다닐 일이 없어 수년간 방치한 탓이라는 걸. 그는 버터를 얇게 자르듯 각질을 벗겨냈다. 누나는 말하곤 했다. "남자들 각질이 왜 노란 줄 알아? 남자들은 샤워할 때 오줌을 싸거든! 그래서 그래. 역겨운 놈들!"

그럼에도 레이먼드는 그런 부분에 크게 신경쓰지 않았다.

레이먼드가 좋아하는 손님이 한 명 있었다. 미스 에밀리였다. 그녀가 와도 그는 할일이 많지 않았다. 미스 에밀리의 큐티클은 이미 정리되어 있었고 손톱은 길고 얇으며 매끄러웠다. 그녀의 손과 발 피부는 아기처럼 포동포동하고 부드러웠다. 그녀가 사려 깊게도 항상 매니큐어를 지우고 오는 덕에 레이먼드는 바로 손톱 다듬기와 파라핀 왁스 작업을 시작할 수 있었다. 그다음에는 매니큐어를 세 겹으로 칠했다. 첫번째는 손톱을 매니큐어로부터 보호하기 위해 발랐고, 두번째는 매니큐어, 마지막은 매니큐어가 벗겨지는 걸 방지하고 광택을 유지하기 위해 발랐다.

근무를 시작할 때마다 레이먼드는 프런트에서 예약 내역을 확인하며 이름들을 손가락으로 훑어내려갔다. 미스 에밀리의 예약이 보이면 곧 멋진 일이 일어날 것처럼 숨을 깊게 들이마시곤 했다. 시간을 들여 도구에 광을 내고 의자 방석의 솜을 부풀렸다. 밖으로 나가 작업대에 있는 꽃병에 둘 빨간 장미 몇 송이를 사기도 했다. 미스 에밀리가 떠난 뒤에도 그의 얼굴에서는 미소가 떠나지 않았고 프런트에 있는 여자에게 미스 에밀리의 다음 예약이 언제인지 물었다.

어느 날 누나가 말했다. "뭐야, 미스 에밀리랑 잘될 기회가 있다고 생각하는 거니? 그 여자는 부자고 배운 사람이야. 우린 부자도 아니고 배우지도 못했어. 앞으로도 그렇게 될 일은 없을 거고. 동생아, 꿈이 너무 큰 것 같지 않니. 꿈을 작게 가져. 쌀 한 톨 크기로. 젠장, 그걸 요리해서 매일 밤 삼킨 다음, 아침에 망할 놈의 똥처럼 싸란 말이다. 그런 일은 절대 일어나지 않아. 인생에서 내가 잘 아는 게 있다면, 그건 부잣집 여자들이야. 그 여자는 너랑 어울리지 않아." 하지만 누나가 그런 식으로 그를 깎아내리며 말할 때조차도, 레이먼드는 그저 미스 에밀리에 대해 몽상할 뿐이었다. 그녀가 오지 않으면 그는 손님들의 손톱을 모조리 미스 에밀리의 손톱처럼 칠을 하고 모양을 냈다. 누구든 그녀일 수 있었다.

어느 오후 유리문 옆에서 바닥을 쓸던 레이먼드가 고개를 들어보니 미스 에밀리가 한 남자와 함께 있는 게 보였다. 레이먼드는 두 사람이 바짝 붙어서 서로의 손을 어루만지는 걸 보았다. 그전엔 그녀가 누군가와 함께 있는 걸 본 적이 없었다. 그 남자는 스리피스 정장에 비싼 신발 차림이었다. 구두의 검은색 가죽은 반짝반짝 빛났고 발가락 부분에도 주름 하나 없었다. 레이먼드는 빗자루를 가져다놓고 영업 준비를 위해 작업대에 앉았다. 미스 에밀리가 들어와 자리에 앉자 그 남자의 향수 냄새가 따라왔다. 드러그스토어에서 파는 향수가 아니었다. 레이먼드는 알았다. 그런 곳에서 파는 향수를 전부 시도해봤었다. 레이먼드는 작은 작업대 위에서 미스 에밀리의 손을 잡고 있었지만, 그들 사이의 넓은 간극을 느꼈다. 그녀의 미소는 정중할 뿐 그 이상은 전혀 아니었다. 누나는 그가 고개를 떨구는 모습을 보았다. 링 위에서 패배를 예감하고 고개를 떨구던 때처럼.

나중에 누나는 그를 집까지 차로 데려다주었다. 그들의 반복되는 일상이자 하루를 마치고 남동생과 누나가 되는 순간이었다. 다시 가족으로. 레이먼드는 차에서 바로 내리지 않았다. 아직 자신의 아파트로 들어가고 싶지 않았다. 해가 떠 있었고 그는 얼굴로 해를 느끼고 싶었다.

아파트 바깥에 세워둔 차 안에 앉아 있는 동안, 누나는 차창을 내린 채 담배에 불을 붙였다. 그녀가 고개를 가로저었다. "레이먼드. 내가 말했잖아. 꿈을 갖지 말라고. 그 여자는 네일 살롱에서 일하는 남자는 절대 사랑하지 않을 거야. 진짜 인생에서 그런 일은 일어나지 않지. 여기 너와 나, 우리는 진짜 세상에서 살고 있단 말이다. 너에겐 자리가 주어졌고 넌 그냥 그 안에서 최선을 다하면 돼. 젠장, 꿈은 포기해. 난 네가 이러는 게 싫어. 널 위한 여자들은 널렸어! 걔네들은 항상 너랑 잘 지내고 싶어하는데, 네가 제대로 보려고 하지 않잖아. 살롱에 있는 여자들처럼. 걔네들 전부 너만 보면 젖는다고."

그 여자들은 하나같이 결혼했거나 다른 사람과 진지한 관계를 맺고 있었다. 누나는 자기가 담배를 피우거나 용품을 사러 나갈 때마다 그들이 뒤에서 하는 말을 모으고 있었다. 임신을 시도했지만 살롱에서 노출된 화학물질 때문에 힘들다는 둥. 기침이 멈추지 않는다는 둥, 그만두고 싶지만 달리 갈 곳이 없다는 둥.

레이먼드는 누나에게 말대꾸하는 걸 좋아하지 않았다. 하지만 이번만큼은 누나가 틀렸다는 생각이 들었다. "글쎄," 그가 말했다. "있잖아, 미스 에밀리는 나 같은 남자는 절대 안 만날지도 몰라. 그래도 난 꿈꾸고 싶어. 기분이 좋거든. 오랫동안 그런 기분을 느껴보지 못했어. 제길, 내게 기회가 없다는 건 알아. 그렇지만 그게 내가 헤쳐나가는 힘이야. 매시간, 매일을 헤쳐나가게 해. 나 같은 남자가 어떤 꿈을 가져야 하는지 알려줄 필요 없어. 조금이라도 꿈꿀 수 있다는 게 중요하니까."

레이먼드의 누나는 아무 말도 하지 않았다. 그저 운전대 너머를 똑바로 응시할 뿐이었다. 그는 자신의 얼굴과 누나의 얼굴이 닮았지만, 자신의 얼굴은 망가졌다는 걸 알았다. 찌그러진 코, 상처로 갈라지고 비뚤어진 왼쪽 눈썹. 마사지, 크림, 탄력 세럼으로 가꿔진 그녀의 얼굴은 부드럽고 윤기가 흘렀지만 레이먼드는 그녀의 얼굴도 보이는 것과는 다르게 망가지고 비뚤어졌다는 걸 알 수 있었다. 그녀는 그 얼굴을 인정하지도, 거기서 희망을 보려 하지도 않았다. 희망은 그녀에게 끔찍한 것이었다. 바라는 게 무엇이든 그것이 그 자리에 없다는 걸 뜻했으므로.

몇 분이 흐르고 누나는 담배를 한 대 더 피웠다. 뻐끔뻐끔 내뿜은 연기는 작은 회색 구름이 되어 그녀가 항상 그에게 작게 품으라던 꿈처럼 사라졌다. 레이먼드는 고개를 떨구고 손바닥을 내려다보았다. 그를 몇 주 또 쉬게 할 사마귀가 다시 올라오고 있었다.

그들은 침묵 속에서, 다가오는 어둠 속에서 차창을 계속 열어둔 채 가만히 앉아 있었다. 근처 뒤뜰 어딘가에서 어느 가족의 소리가 들렸다. 지글지글 바비큐 굽는 소리, 키득거리는 웃음소리—어리고 연약하고 순결한. 그들 자신도 아이였을 때 그렇게 키득거렸다. 이제 그런 웃음소리를 내면 한심해 보였다. 그런 웃음은 아주 멀리 떨어진 것, 다른 사람들에게만 일어나는 것 같았다. 이제 그들이 할 수 있는 건 그저 그 웃음소리 가까이, 보이지 않게 머무는 것뿐이었다.

치-카-치!

우리가 사는 건물은 오층까지 있었고 각 층은 똑같은 모습이었다. 복도 양끝에 초록색 문이 두 개씩 있었다. 우리는 그 건물에 사는 다른 사람들을 알지 못했다. 우리들끼리만 지냈고 다른 층은 돌아다니지 않았다. 그럴 이유가 없었다. 다들 자기가 사는 집만 드나들었다.

남동생과 나는 방과후 집에 단둘이 있을 때가 많았다. 남동생은 여섯 살이고 나는 겨우 일곱 살이었는데도 말이다. 아빠는 공장에서 전깃줄 안에 구리선을 넣는 일을 했고, 그날의 목표 수량을 채우지 못하면 이따금 야간 근무까지 하며 수량을 채워야 했다. 하루에 거의 열두 시간씩 일했고, 점심시간을 오후 네시쯤으로 잡아두고 우리를 학교에서 집까지 태워다주고 다시 공장으로 갔다. 엄마는 아빠처럼 일터에서 자리를 비울 수 없었다. 우리집에는 차가 한 대뿐이고 아빠가 몰고 다녔기 때문이다.

아빠는 우리를 데려다주고 다시 일하러 갈 때마다, 내게 현관문 고리를 채워두고 조용히 있으라고, 친구라며 찾아와도 절대 문을 열어주면 안 된다고 당부했다. 그리고 무서울 때 숨을 만한 장소를 거듭 살피게 했다. 침대 아래, 샤워 커튼 뒤 욕조, 신발장 안.

만일 곤경에 처해도 이웃에게 도움을 요청하거나 911을 불러서는 안 된다고, 아빠는 말했다. 그건 아빠를 경찰에 신고하는 것과 같다고 했다. 보호자 없이 우리만 남겨두고 간 게 알려지면 아빠가 곤란해진다고. 어떤 곤경에 처하더라도 우리 스스로 해결해야 한다고 말했다. 그는 나무 손잡이가 달린 붉은색 소형 도끼를 숨겨놓은 라디에이터 뒤를 가리켰다.

맨 처음 그가 내 손에 도끼를 쥐여주었을 때 나무 손잡이는 놀라우리만치 가벼웠다. 아빠가 말했다. "자, 기회는 한 번뿐이니까 목이나 얼굴을 노려. 바로 여기가," 그는 자신의 목 왼편을 가리켰다. "네가 노려야 할 곳이야." 나는 도끼를 높이 들어올렸지만, 아빠는 싱긋 웃더니 날을 반대쪽으로 돌려야 한다고 말했다. 그는 내게 다가와 날카로운 도끼날을 어떻게 다루는지 보여주었다. 나는 도끼를 다시 머리 위로 들어올린 다음 한 번에 내리쳤다. 그러자 아빠는 내가 고무공이라도 던진 것처럼 웃었다. 내 행동이 귀여워 보인다는 뜻이었다. 내가 얼마나 긴장했는지 알아차린 그가 말했다. “아, 걱정하지 마렴. 난 네 나이에 이것보다 더 끔찍한 일을 했어. 아마 훨씬 더 어렸을 거야.” 아빠는 내가 그 도끼를 사용할 일은 절대 없을 테지만 사용법은 알고 있어야 해서 그런다며 나를 안심시켰다.

하지만 내 머릿속에는 늦은 밤 누군가 우리집 문을 쾅쾅 두드리며 소리친 일이 떠올랐다. “문 열어! 나한테 칼이 있어!” 나와 남동생은 잔뜩 겁을 먹고 문가에 서 있었고 아빠가 문으로 다가가 문구멍으로 밖을 살피는 동안 숨을 장소를 열심히 생각했다. 쾅쾅 두드리는 소리가 멎지 않자, 우리는 아빠의 윗옷을 꽉 움켜쥔 채 매달렸다. 일요일에 아빠가 함께 집에 있어서 몹시 안심이 되었다. 야근을 하지 않고 우리와 함께 집에 있어서. 아빠는 우리를 내려다보며 아무 소리도 내지 말라는 뜻으로 손가락을 자신의 입술에 가져다댔다. 그는 문을 열어볼까 고민했지만 남자가 칼을 가지고 있다고 말하자 생각이 바뀌었다고 속삭였다. “도움을 청할 때 그렇게 말하면 안 되지!" 아빠는 웃으며 자신의 무릎을 쳤고, 남동생과 나도 웃었다. 하지만 문밖의 남자가 듣지 못하게 조용히 웃었다.

다음날 아침, 학교에 가려고 집을 나서는데 현관문에 묻은 핏자국이 보였다.

거의 매주 토요일마다 아빠는 가로수가 늘어선 넓은 도로와 빅토리아풍 대저택들이 있는, 우리가 살고 싶어하는 이웃 동네로 온 가족을 데리고 갔다. 식료품을 사러 차이나타운에 갈 때마다 그랬다. 우리는 길을 따라 천천히 차를 몰며 살고 싶은 집을 고르고 침실로 쓰고 싶은 창문을 가리켰다. 부모님과 남동생은 항상 크고 넓은 집을 골랐지만, 나는 사람들이 밖에 내놓은 물건에 주목했다. 가끔은 하키 스틱, 아무 표식 없는 골키퍼 보호대와 집 앞 진입로까지 나와 있는 골대, 혹은 앞마당 잔디에 방치된 분홍색 자전거가 보이기도 했다. 이 동네 사람들은 그런 물건을 어디에 넣어두거나 쇠사슬로 묶어두지 않고 훤히 보이는 곳에 내놓아도 누군가 훔쳐가리라는 걱정은 전혀 하지 않는 듯했다.

한번은 현관 계단마다 호박이 놓여 있었다. 엄청 큰 호박 하나 혹은 작은 호박 여러 개가 옹기종기 모여 있었다. 대부분은 속을 파서 얼굴을 조각해두었다. 삼각형 눈, 원형 코, 환한 미소 속에 보이는 한두 개의 이빨. 몇몇은 토한 것처럼 입 주변에 호박씨가 늘어져 있었다. 학교에서는 호박을 쓰는 대신 오렌지색 원을 그리거나 오렌지색 종이를 원 모양으로 잘라 동그란 플라스틱 눈알을 붙이기도 했다.

나는 뒷좌석에서 앞으로 몸을 기울이며 아빠에게 물었다. "여기 사람들은 왜 이렇게 호박을 사랑해?" 그러자 그가 말했다. "흥. 내가 보기엔 음식 낭비 같아." 동네의 호박을 전부 돌아보고 나서 아빠가 엄마에게 말했다. "이런 동네에서는 아무도 사탕에 독이나 날카로운 칼날을 넣지 않을 거야, 안 그래?" 그런 다음 그는 우리를 뒤돌아보며 소리쳤다, "나한테 칼이 있어! 문 열어!" 나와 남동생은 겁먹은 듯 소리를 꽥 질렀지만 사실 조금도 무섭지 않았다.

그후로 남동생이 아홉 살이 되기까지 매년 10월이 되면 부모님은 우리를 "치-카-치"를 위해 데리고 나갔다.

처음에 남동생은 두 눈과 두 팔을 내놓을 수 있게 구멍을 낸 흰색 침대 시트를 머리 위로 뒤집어썼다. 아빠는 시간이 별로 없었다. 몇 주 내내 공을 들여 내 몸에 딱 붙는 검은색 긴소매 티셔츠와 그것과 짝을 이루는 바지를 만들었는데 앞

면에는 뼈 모양 형광 천을 바느질로 붙여놓았다. 어둠 속에서 내 모습은 전혀 보이지 않았다. 방을 가로질러 걷는 해골만 보일 뿐이었다. 남동생은 이 옷도 내가 가진 다른 모든 물건처럼 언젠가 자신에게 넘겨진다는 것을 알았기에 신이 나서 소리쳤다.

아빠가 그렇게 일찍 퇴근하는 건 드문 일이었다. 나는 그 이유를 알 수 없었고 아빠가 일자리를 잃었을까봐 걱정스러웠다. 그는 장시간 근무하는 일이 아니면 아예 일자리를 구할 수 없다고 누누이 말해온 터였다. 하지만 그때는 나와 동생에게 직접 만든 옷을 입힌 뒤 식료품을 사러 가는 길이 아닌데도 차를 타고 우리가 살고 싶어했던 동네로 갔다. 아빠는 차를 세워두고 우리에게 이렇게 옷을 차려입고 집집마다 다니면 된다고 했다. 문을 열어주러 나온 사람에게 "치-카-치!"라고 소리친 다음 가지고 온 베갯잇을 열어 보이면 온갖 종류의 사탕으로 채워줄 거라고. 나는 그 말을 믿지 않았다. 그때 나는 그가 직장을 잃었고 이건 우리를 멀리 떠나보내려는 계획의 일부라고 확신했다. 우리가 못된 짓을 하거나 우리집 형편으로는 사기 힘든 물건을 원할 때 부모님은 종종 그런 경고를 하곤 했다. 나는 울고 싶었다. 하지만 남동생이 나를 바라보고 있었다. 우리 둘을 위해서라도 내가 꼭 용기를 내야 한다는 것처럼.

아빠는 차에서 나와 남동생과 내가 내릴 수 있게 앞좌석을 앞으로 기울여주었다. 그는 우리 손을 잡고 첫번째 집으로 이끌었다. 문짝만큼 커다란 창문이 달린 거대한 집이었고, 나는 이런 집에는 누가 사는지 궁금했다. 남동생과 나는 현관 계단을 올라가며 아빠가 아직 그 자리에 있는지 확인하려고 돌아보았다. 그는 길가 연석에 서 있었다. 양손을 주머니에 꽂고 입김으로 손을 덥힐 때만 꺼냈다. 가벼운 재킷과 청바지를 입고 있었다. 그가 생각하는 멋있는 옷차림이었다. 따뜻한 코트와 엄지장갑은 스타일을 구긴다고 생각했다. 우리가 여전히 그를 바라보며 계단에 서 있는 걸 보고는 용기를 북돋워주기 위해 양팔을 들어올려 휘저으며 다시 한번 말했다. "치-카-치라고 말해!"

문앞에 다다른 우리는 아빠가 말한 대로 초인종을 찾으려고 했다. "그게 좋은 집이라는 표시야." 그는 말하곤 했다. "집이 너무 커서 안에 있는 사람이 문 두드리는 소리를 들을 수 없어. 그러니까 초인종을 눌러야 해."

남동생은 내 팔을 톡톡 치고는 문 오른쪽에 있는 버튼을 가리켰다. 해보려는데 둘 다 손이 닿지 않았다. 나는 남동생을 들어올려 초인종을 누르게 했다. 그리고 또 한번 눌렀다.

나는 그를 부드럽게 내려놓았다. 불빛이 켜지고 뭉툭한 앞머리에 어깨까지 내려오는 갈색 머리 여자가 문을 열었다. 안경을 쓰고 다정한 미소를 짓고 있었다. 그녀가 말했다. "음, 너는 유령이구나…… 그리고 너는…… 오 이런! 이 의상 좀 봐! 와, 정말 멋진걸! 어디서 샀니? 엄마가 만들어줬니?"

나는 너무 떨려서 대답할 수 없었다. 그래서 속삭였다. "치-카-치."

"오, 해럴드, 여기 나와봐! 얘네 정말 너무 귀여워! 해러어어어얼드! 나와봐!"

해럴드는 폭신한 슬리퍼를 질질 끌면서 현관으로 나왔다.

"치-카-치," 나는 다시 한번 속삭였다.

해럴드가 껄껄 웃으며 말했다. "일레에에에에인! 얘들 너무 귀이이이이엽다! 다른 애들보다 좀더 많이 줘, 알았지?" 그리고 그는 문 뒤쪽의 커다란 유리그릇에 손을 뻗더니 감자칩 두 봉지를 베갯잇 속에 하나씩 떨어뜨렸다.

과자가 베갯잇 속에 떨어지자마자 나와 동생은 "치-카-치!" 하고 소리쳤다. 그러고는 전혀 예상치 못한 걸 받은 양 킥킥대면서 얼른 달려나와 연석에 서 있던 아빠에게 베갯잇 속 감자칩을 보여주었다.

"거봐! 내가 말했지." 그가 말했다. "그냥 치-카-치라고 말하면 돼!"

그뒤로 우리는 밤새도록 집집마다 돌아다니면서 "치-카-치!"라고 소리쳤고 베갯잇은 너무 무거워서 들고 다닐 수조차 없게 되었다. 동네에는 공주, 호박, 마녀, 야구선수로 분장한 다른 아이들이 있었다. 아는 아이는 한 명도 없었다. 가끔은 그 아이들과 같은 집 현관에서 마주쳤고, 우리는 베갯잇을, 그 아이들은 손잡이가 달린 플라스틱 호박을 내밀었다. 남동생과 내가 "치-카-치!"라고 말하면 문 뒤의 사람들은 항상 사탕을 넣어줄 수 있게 가까이 오라고 말했다.

집에 도착하자 아빠와 엄마는 베갯잇에 들어 있던 사탕을 정리했다. 집에서 만들었거나 겉포장이 헐거워졌거나 이미 벗겨진 것은 우리가 가질 수 없었다.

다음날 학교 점심시간에 남동생과 나는 행상인이라도 된 것처럼 사탕을 꺼내서 책상에 펼쳐 보이며, 엄청나게 큰 집으로 치-카-치를 하러 갔다고 친구들에게 말했다. 친구들은 그들이 사는 건물이나 옆집 정도만 다녀오거나 혹은 아예 아무데도 나가지 않아서 사탕처럼 생긴 작은 껌이나 미니 초콜릿 바 한두 개밖에 얻지 못했다. 우리에게는 과자 여러 봉지와 풀 사이즈 초콜릿 바와 껌 여러 통이 있었다. 그리고 집에는 더 많은 과자가 우리를 기다리고 있었다.

급식 일을 하던 아주머니가 우리 주변에 모인 아이들 사이로 끼어들더니 말했다. “트릭-오어-트릿 하러 갔다는 말 아니니?”

우리는 고개를 저었다. 아줌마가 뭘 모르고 하는 말이었다. 나는 불쑥 튀어나온 크고 둥그런 얼굴을 올려다보며 말했다. “아니요, 퍼먼 아줌마. 치-카-치 했어요!”

우주가 이토록 잔인할 줄이야

미스터 봉은 결혼식 하객들 머리 너머로 목을 길게 빼고 신랑 신부를 보려 애썼다. 신랑 신부가 눈에 들어오자 그는 아내와 딸에게 고개를 돌려 과감히 예언했다. "아, 사랑스럽지 않니. 얼마 가지 못할 텐데 참 안됐어."

미스터 봉이 초대받은 이유는 친척이나 가족의 친구여서가 아니었다. 그 젊은 커플이 그에게 도움을 구한 건 그가 결혼식 청첩장을 라오어로 인쇄해주는 동네의 유일한 인쇄업자이기 때문이었다. 그는 라오어 서체뿐 아니라, 작은 것으로 큰 결과를 빚어내는 지식을 가지고 있어 아주 인기가 많았다. 물론 손님들은 직접 서체를 다운로드해서 킨코스인쇄소에서 출력할 수도 있었다. 하지만 그런 식의 성의 없는 노력은 성의 없는 결혼생활을, 첫 난관의 조짐에 봉착하자마자 균열을 일으키는 결혼생활을 암시할지도 몰랐다.

미스터 봉은 결혼식 청첩장 외에 다른 것들도 인쇄했다. 돈을 많이 벌진 못했다. 그의 고객 대부분은 더 큰 인쇄소에서는 거래를 꺼리는 이들이었다. 자영업자, 소량 인쇄 손님, 인터넷을 할 시간이 없거나 영어를 못 하는 이들이었다(미스터 봉은 손짓과 소리로 소통하는 법을 찾아냈다). 그는 이런 손님들을 가장 좋아했다. 들판에서 온종일 일하느라 손톱 밑에 때가 낀 농부들, 피로 얼룩진 옷을 갈아입을 시간이 없는 도축업자들, 이십 분 뒤면 다시 일터로 돌아가야 하는 재봉사들. 그는 고된 노동에 끙끙거리는 이들을 보고 자기 자신을 떠올렸다.

미스터 봉이 좋아하지 않는 손님은 비싼 비즈니스 정장을 입고 와서 흥정을 하는 영업사원들이었다. 그는 손목에 찬 시계의 광택, 뒤로 매끈하게 넘긴 머리와 따뜻한 날씨에 그을린 황갈색 피부, 완벽한 영어로 그들을 알아볼 수 있었다. 영업사원들은 나중에 친구들에게 말할 농담거리라도 되는 양 그를 바라보았고 그를 "친구"라고 부르며 철자를 고쳐주었다. 그는 항상 "썩 꺼져!"라는 말로 그들을 내쫓았다. 가끔 기분이 좋고 여유가 있을 때면 그들의 비위를 맞춰주었다.

그들이 가게에 십오 분가량 머무르는 동안 일류 경영대학원에서나 볼 법한 판매량과 영업이익 그래프를 보여주어도 그러도록 내버려두었다. 하지만 결국에는 전에 왔던 다른 영업사원들에게 그랬듯 고함을 치고 말았다. 그들은 고층 유리건물의 사무실과 비서, 변호사, 사기꾼 세무사가 보호해줄지 몰라도, 그가 소유하고 혼자 운영하는 가게에서는 그가 사장이었다! 직접 소유한다는 것, "썩 꺼져! 전부 다! 지옥으로 썩 꺼져버려!"라고 말할 수 있다는 것. 예전에 그가 들었던 말이었다. 상황이 역전되어 그 말을 다른 사람들에게 퍼붓는 것, 그들이 냉정을 잃고 머뭇거리며 황급히 퇴장하는 모습을 보는 건 재미있었다.

미스터 봉이 가게에서 만들고 인쇄하는 것들 중 그에게 가장 큰 기쁨을 주는 건 라오어 결혼식 청첩장이었다. 미스터 봉은 청첩장에 엄청나게 신경을 썼다. 그는 가게에서 섬유를 말리고 펼쳐서 직접 종이를 제작했다. 그 과정만 몇 달이 걸렸다. 직접 안료를 섞어 고유한 색상을 만들기도 했다. 그는 사용한 색상과 색조를 모두 스크랩북에 기록했다. 아주 작은 사각형모양으로 오려붙여 각각의 이름과 날짜도 함께 적어두었다. 똑같은 색을 한 번 이상 사용하는 건 그 결혼이 특별하지 않다는 인상을 줄 수 있었다. 그는 보석 세공사가 쓰는 확대경으로 청첩장 글자 하나하나를 거듭 살폈다. 그 어떤 세세한 부분도 빼놓지 않고 정확히 하고자 했다. 철자 오류는 그 커플이 서로에게 완벽한 짝이 아니라는 조짐일 수 있었다. 그는 행운의 수호자였다. 그리고 그 일에서는 누구보다도 뛰어났다.

약혼 커플은 미스터 봉의 세심한 배려와 전문성에 몹시 만족했다. 청첩장에 적힌 라오어, 그 고리와 소용돌이 모양, 리본처럼 말린 장식체를 본 커플은 꺄악 소리를 지르며 말했다. "와, 미스터 봉! 미스터 봉! 정말 마음에 들어요. 완벽해요. 정말 아름다워요. 6월에 뭐하세요? 결혼식에 꼭 와주세요. 꼭이요! 아저씨가 없었다면 불가능했을 거예요." 그들은 반짝이는 치아를 드러내며 활짝 웃었다.

미스터 봉이 과감히 예언한 건 신랑과 신부가 부부로서 처음 춤을 추던 때였다.

"내 말 꼭 기억해." 미스터 봉이 말을 이어나갔다. "이 결혼은 일 년을 못 넘겨."

"아이고, 왜 그런 말을 해? 목소리 좀 낮춰!" 봉 부인이 남편의 팔을 찰싹 때리고 같은 테이블에 앉은 사람들이 혹시 들었을까 싶어 주위를 살피며 다급히 쏘아붙였다. 하지만 사람들의 관심은 신부와 신랑에게 쏠려 있었다. 자기 배우자의 손을 잡으며 가족과 친구들 앞에서 췄던 그들의 첫 춤을 회상하는 사람도 있었고, 음식을 한 접시 더 받기 위해 서둘러 앞에 놓인 접시를 비워내는 사람도 있었다. 이제 막 파파야 샐러드, 스프링롤, 찰밥, 신선한 허브와 양념이 곁들여진 다진 닭고기와 바나나잎으로 싼 디저트 등의 멋진 음식들이 하객들 앞에 나온 참이었다.

"내 예상으로는 일 년을 못 넘겨. 알겠지만 항상 내 예상대로 되잖아. 너도 알지." 그가 자신의 스물일곱 살 된 딸에게 말했다. 딸은 동의의 뜻으로 고개를 끄덕였고 그는 계속 말을 이었다. "내가 바닷가재 한 마리 값을 치렀으면 치른 만큼 받아야지." 미스터 봉은 가장 비싼 메뉴인 바닷가재 요리를 주문할 때마다 그가 치른 값어치만큼 다 받았는지 반드시 확인해야 직성이 풀렸다. 바닷가재 껍데기는 깨지거나 씹어서 곤죽이 되기 마련인데 그는 살을 발라낸 껍데기들을 큰 접시에 모아두라고 가족들에게 일렀다. 그러고는 깨진 조각을 다시 맞춰 원래 모양대로 펼쳐놓았다. 바닷가재의 몸체를 다시 맞춰놓고 빠진 게 없나 확인했다. 한번은 집게발 하나, 꼬리 반쪽, 다리가 몇 개 없었다. 미스터 봉은 이럴 줄 알고 있었다! 그는 종업원을 불러 사기를 당했다며 야단법석을 떨었고 다른 사람은 몰라도 그는 그런 사기 행각을 참아줄 사람이 아니라는 걸 레스토랑에 있던 모두에게 확실히 알렸다.

"내가 알지. 이런 건 내가 잘 알지." 그는 말했다. 그런 다음 다시 식사에 집중하며 판판하게 뭉친 찰밥과 다진 닭고기를 한데 모았다.

실제로 그 신부와 신랑은 일 년도 못 가 이혼했다.

그해 미스터 봉은 또다른 예언을 했다. 이번에는 결혼식 청첩장을 펼친 순간이었다. 그가 말했다. "아, 결혼식도 못 올리겠군."

"아빠, 그게 무슨 말이야? 결혼식도 못 올린다는 걸 어떻게 알아?"

"이거 봐. 시내에 있는 고급 인쇄소에서 인쇄했잖아."

"응. 그래서?"

"그러니까, 거기선 라오어 글자를 안 다뤄. 이것 봐," 그는 청첩장 글자를 가리키며 말했다. "다 영어잖니."

"신랑 신부가 라오어를 읽을 줄 모르나보지."

"그건 중요하지 않아! 읽든 못 읽든 라오어를 써야지. 우리 고국인데 왜 무시해?"

그의 딸이 다가가 청첩장을 살폈다. 청첩장 어디에도 라오어는 없었다. 고급스러웠다. 종이는 두껍고 양각 인쇄라 손끝으로 글자가 느껴졌다. 반짝이는 은색 볼드체로 이름, 주소, 날짜가 적혀 있었다. 그랬다, 미스터 봉의 예측은 옳았다. 예비 신랑은 수라는 이름의 다른 사람과 결혼하려고 약혼을 깼다. 전화가 왔다. 결혼식은 취소되었다. 파혼한 것이다.

"아빠, 진짜로, 어떻게 알았어?"

"거봐, 내가 잘 알지. 라오인은 청첩장에 라오어를 쓰지 않고는 결혼할 수 없어. 그리고 청첩장엔 진짜 자기 이름을 넣어야지. 그래, 이름이 길긴 해. 그래도 자기 이름을 넣어야 해. 진짜 이름은 사봉나바타카드인데 왜 수라고 적어? 결국 청첩장에 쓰인 대로 진짜 이름이 수인 여자가 신랑과 결혼하게 된 거야."

미스터 봉은 딸의 결혼식이 다가오자 돈을 아끼지 않았다. 그는 희귀한 곤충 날개를 짓이겨 만든 반짝이는 물감을 라오스에서 주문했다. 진짜 금이 들어간 물감이었다. 진짜 결혼을 위한 진짜 반짝임. 그는 청첩장을 수작업으로 인쇄했고 한 장 한 장 금속 선반에서 말렸다. 총 이백 장의 청첩장을 선반 하나당 열 장씩, 항상 2로 나누어 떨어지는 짝수가 되도록 올려놓았다. 짝수는 결혼에서 중요했다. 미스터 봉은 물감을 말리는 데 선풍기를 쓰지 않았다. 자연적으로 마르길 원했다. 몇 시간이면 족할 일이 나흘이 걸렸다. 기계를 쓰는 건 속임수라고 생각했다. 딸의 결혼식 청첩장이 완벽하도록, 우주의 빈틈없는 평가를 받아도 자신 있다는 확신이 들 때까지 최선을 다했다.

결혼식 당일 미스터 봉의 딸은 새하얀 민소매 웨딩드레스를 입었다. 레이스나 단추 장식 없이 소박했으나 허리 아래는 우유 분수대처럼 풍성하게 퍼졌다.

하지만 신랑은 그 자리에 없었다. 그녀를 떠난 것이다.

신랑이 사라진 게 분명해지자, 미스터 봉의 딸은 드레스 아랫단을 들어올리고서 미스터 봉에게 씩씩거리며 뛰어갔다. "다 아빠 잘못이야, 안 그래? 청첩장. 분명 뭔가 잘못된 거야!"

미스터 봉은 답을 생각해내려 애썼다. 결혼식이 어쩌다 이 지경에 이르렀는지 설명할 수 있는 대답. "내가…… 문 뒤에서 청첩장 한 장을 발견했어." 그가 말했다. "그걸 빠뜨린 게 분명해. 청첩장이 동시에 나갔어야 했는데. 딱 한 장이었는데. 우주가 이토록 잔인할 줄이야. 미안하구나."

물론 그건 사실이 아니었다. 조금도 아니었다. 그는 모든 걸 잘 처리했다! 지금은 '지옥으로 썩 꺼져버려'라는 말도 소용없었다. 그녀가 사랑한 남자는 착한 남자도, 좋은 남자도 아니라고, 그는 그녀를 사랑하지 않았다고, 때때로 사랑처럼 느껴진 건 그저 느낌일 뿐 진짜 사랑이 아니라는 말을 어떻게 할 수 있단 말인가. 그는 이런 말밖에 할 수 없었다. "그래, 그래, 내 잘못이야. 다 내 잘못이야."

세상의 가장자리

네 살 즈음 나는 엄마와 소파에 나란히 앉아 초콜릿을 먹으며 연속극을 보고 웃으면서 하루하루를 보냈다. 엄마의 웃음은 크고 거칠었다. 활짝 벌린 입안으로 반쯤 씹힌 채 뭉개진 초콜릿이 보였지만 그녀는 절대 입을 가리지 않았다. 나와 단둘이 있을 때만 그렇게 웃었다. 아빠나 다른 사람들이 함께 있는 자리에선 그저 키득거리며 입을 손으로 가렸다. 나는 둘만 있을 때의 엄마 모습을 모두가 볼 수 있기를 바랐다.

엄마는 연속극을 보면서 영어 회화를 익혔고 금세 배운 걸 연습하기 시작했다. 아빠가 입맛이 없다고 하면 그녀는 이렇게 물었다. 누구랑 식사를 했기에 입맛이 없어? 건조기에서 양말 한 짝이 안 보이면 그녀는 아빠에게 양말의 행방을 물었다. 그가 답을 못하면 애인이 있는 게 아니냐며 몰아세웠다.

아빠는 엄마의 말을 진지하게 받아들이지 않았다. 당신 상상대로 애인을 만들 기회가 넘쳐날 정도로 한가로운 인생이면 좋겠다고 대꾸하며 대화를 가볍게 이어가려 애썼다. 하지만 얼마 후 그는 심각해지며 이렇게 말했다. "당신은 몰라, 안 그래? 내가 어떻게 일하는지 모르지? 다들 영어로 너무 빠르게 말해. 멈추지 말고 일하라고 내내 윽박질러. 내가 사람이 아닌 것처럼 느껴질 정도라고."

부모님은 단둘이 시간을 보내는 일이 적었다. 함께 시간을 보내려 해도 갈 만한 라오스 술집이나 카페나 음식점이 없었다. 이따금 다른 라오스 이민자 가정에 초대받았다. 우리처럼 이곳에서 오래 살아온 사람도 있고 이제 막 도착한 사람도 있었다. 그 파티에서는 모두가 춤을 추고 음악을 듣고, 카드놀이를 하고 먹으면서, 옛 시절의 추억에 잠겨 이야기했다. 그들은 밤새도록 웃었고—슬픔이 어렴풋이 터져나왔다—새로운 나라에서의 미래를 확신할 수 없다며 고개를 가로저었다.

부모님은 고향 소식을 들으러, 혹은 고향에 남겨두고 온 사람들에게 무슨 일이 일어났는지 알아보러 파티에 참석했다. 누가 아직 그곳에 남아 있지? 남아 있는 사람들의 집은 아직도 건재할까? 만약 그들이 라오스를 떠났다면, 어느 난민 캠프로 가게 되었나? 그곳에 얼마나 오래 있었나? 그뒤엔 어디에 정착했지? 신문을 읽거나 저녁 뉴스를 봐도 부모님은 고국에서 벌어지는 일에 대해서는 어떤 소식도 들을 수 없었다. 마치 존재하지 않는 곳 같았다.

파티의 중심은 주로 아빠였다. 거실에서 한바탕 웃음소리가 터져나와 안을 흘끗 들여다보면 그가 사람들에게 이야기를 들려주고 있었다. 그의 이야기 중에서 모두가 진심으로 즐겁게 들은 건 "넵, 알겠습니다!" 이야기였는데, 예전에 이미 들려준 이야기였지만 그는 항상 처음인 양 이야기를 시작했다. 그는 직장에서 누가 그에게 무언가를 지시할 때마다 자신이 어떻게 영어로 "넵, 알겠습니다!"라고 말하는지 들려주었다. 그의 어투와 기세는 "빌어먹을!"이라고 말하는 것처럼 들렸다. 그런 다음 그는 충직한 군인처럼 거실을 행군하듯 걷고 모두에게 거수경례를 하며 영어로 말했다. "넵, 알겠습니다! 넵, 알겠습니다! 넵, 알겠습니다!" 그는 함께 일하는 사람들이 그를 정말 예의바르고 괜찮은 사람이라고 생각한다며 신이 나서 낄낄거렸다.

주방에서 엄마는 이 모든 것을 보고 들었지만, 한 번도 그 자리에 끼진 않았다. 밀폐용기, 캐서롤용 유리 냄비, 김이 모락모락 나는 솥, 보글보글 끓는 프라이팬, 플라스틱 포크와 숟가락과 종이 접시에 둘러싸인 채 혼자 음식을 먹었다. 나는 엄마와 함께 있었고 그녀는 내게 각각이 무슨 음식이며 어떻게 만드는지 알려주었다. 중요한 재료 중 무엇이 빠졌는지 짚으며 그 음식 중 어느 것도 자신이 추억하는 진짜 음식에 미치지 못한다고 말했다. 그녀는 라오스 음식이 훨씬 더 맛있고 내가 성인이 되면 함께 라오스에 갈 수 있을 거라고 말했다. 그녀는 이 모든 걸 내게 라오어로 말했다.

주방에 있던 한 여자가 엄마의 말을 우연히 듣더니 말했다. "아이가 라오어를 알아들어요?" 엄마는 한 번도 라오스에 가보지 않은 내게 고국의 무언가가 남아 있다는 사실을 자랑스러워했다. 하지만 그 여자는 말했다. "이런 안 돼요, 안 돼! 아이고! 아이는 영어로 말을 떼는 게 좋죠. 학교에서 어떻게 어울리겠어요?!" 그 여자가 주방을 떠나자 엄마와 나는 그녀를 비웃었다. 그녀는 모두와 잘 어울려야 한다고 생각하는 듯했다.

나중에 엄마는 파티에 온 다른 아이들과 놀고 오라며 나를 부추겼다. 그들은 시끌벅적했고 주변을 뛰어다녔고 영어로 말했다. 나는 그 아이들과 놀고 싶었지만 그들은 나를 계속 밀어냈다. 그리고 나더러 "술래"라고 말했다. 나는 술래가 뭔지 몰랐지만 내가 가까이 다가가려고 할 때마다 그 아이들은 나와 전혀 놀고 싶지 않은 것처럼 도망쳤다. 한참 뒤 나는 주방으로 다시 돌아왔다. 엄마는 돌아온 나를 보고 무슨 일이 있었느냐고, 왜 그렇게 일찍 돌아왔느냐고 물었다. 나는 엄마에게 말했다. "걔네는 영어로 말하는 것밖에 할 줄 몰라. 무슨 놀이를 하는 건지 하나도 모르겠어." 그러자 엄마가 잠시 후 입을 뗐다. "아마 학교에서 배운 놀이일 거야. 너도 학교에 가면 배우겠지."

엄마가 사귄 사람 중 친구라고 할 만한 이는 굿윌* 계산대 직원들뿐이었다. 그들은 친절했고 엄마의 이름도 알고 있었다. 엄마가 몇 시간이고 가게 통로를 이리저리 다녀도 내버려두었다. 그들은 단지 자신의 일을 한 것이었지만 엄마는 그렇게 생각하지 않았다. 한번은 엄마가 알루미늄 호일에 싼 에그롤을 그들에게 가져다주었다. 그들은 그걸 먹으려고 가게 뒤쪽 방으로 가져갔고 그사이 우리는 옷을 골랐다. 하지만 엄마가 한 손을 뒤로 늘어뜨린 채 행거 사이를 걷는 모습

* 중고물품을 기부받아 판매하는 비영리기관.

을 보아하니 사고 싶은 옷이 있는 게 아닌 듯했다. 나는 그녀가 가게 뒤쪽 방으로 초대되어 음식을 즐기고 싶었던 건 아닌지 궁금해졌다. 나는 에그롤 생각에서 벗어나게 하려고 노란색 원피스를 엄마에게 가져갔다. “이 색깔 어때?” 그녀는 가격표를 보더니—1달러였다—고개를 끄덕였다. 가게를 떠나기 전 엄마가 계산대 직원들을 다시 흘끗 보고는 내게 말했다. “저 사람들이 에그롤을 좋아했을까?”

내가 학교에 다니기 시작하자 엄마는 혼자 연속극을 봤다. 내가 집에 돌아오면 그날 본 연속극에 대해 말해주었다. 거기에는 항상 불륜, 오래전에 잃어버린 쌍둥이, 혼수상태에 빠진 사람, 잘생긴 의사가 나왔다. 어느 정도 지나자 나는 연속극 얘기를 더이상 듣고 싶지 않았다. 나는 책을 읽기 시작했고 엄마는 내게 책을 읽어달라고 했다. 엄마는 책 속 그림에 대해 질문하곤 했다. 그녀는 긁으면 냄새가 나는 책과 동물 그림이 튀어나오는 책을 좋아했다. 종이 탭을 당겨 고양이나 개가 튀어올라올 때마다 깜짝 놀란 채 몹시 즐거워하며 숨을 들이쉬었다. 양에 관한 책에는 진짜 솜이 달려 있었다. 엄마는 그 양이 살아 있기라도 한 것처럼 손가락으로 솜을 쓰다듬었다.

엄마는 밤이면 내 침대로 책 한 권을 들고 와서 읽어달라며 고집을 피웠다. 글이 아주 많은 책은 아니었다. 바로 잠들 때도 있었지만 만약 잠들지 않으면 나는 엄마에게 이야기를 들려주곤 했다. "세상에 혼자인 사람은 없어." 내가 말했다. "누구나 항상 어딘가에 친구가 있어." 당시 엄마는 스물네 살이었지만 실제보다 훨씬 더 어려 보였다. 그리고 더 작아 보였다. 나는 엄마를 지켜보았다. 엄마가 추워하는 것 같으면 살며시 담요를 덮어주었다. 때로 엄마는 악몽을 꾸었다. 숨쉬는 걸 보면 알 수 있었다. 짤막한, 겁에 질린 숨. 나는 손을 뻗어 엄마의 머리를 쓰다듬고 다 괜찮을 거라고 말해주었다. 정말 괜찮을지도, 그렇게 말하는 게 무슨 의미인지도 모르면서. 그저 그런 말을 하는 게 도움이 되는 건 분명해 보였다.

나는 엄마가 왜 거의 매일 밤 내 방에서 자는지 물어볼 생각조차 하지 못했다. 어둠 속에서 혼자가 아니라는 게 기쁠 뿐이었다.

어느 토요일 아침, 우리는 굿윌의 장난감 구역을 함께 거닐었다. 엄마가 나를 위한 무언가를 골랐다. 종이 박스 안에 천 개의 하드보드지 조각이 담긴 세계지도 퍼즐로 가격은 50센트였다. 다 다르게 생긴 각각의 조각에는 그에 맞는 다른 조각이 있었다. 중요한 건 퍼즐 조각 중에서 서로 꼭 맞는 다른 조각을 찾는 것이었다.

집에 와서 내가 퍼즐을 맞추려고 자리에 앉자, 엄마는 퍼즐 조각을 집지도, 맞추는 걸 도우려 하지도 않았다. 그저 내가 퍼즐을 맞추는 모습을 바라보기만 했다. 그녀가 말했다. "그건 거기 안 맞아. 다른 걸로 해봐." 하나가 들어맞자 이렇게 말했다. "조각마다 다 자기 자리가 있네, 그렇지 않니."

나는 학교를 마친 후 집에서 퍼즐을 맞췄다. 한 조각씩, 색깔별로 맞췄다. 처음에는 바다를 표현한 파란 조각들을. 그 다음에는 빨간색, 초록색, 주황색, 노란색, 분홍색 조각들로 이뤄진 온갖 나라를. 몇 주가 흐르자 한줌의 조각들만 남았다. 마지막 조각을 맞추고서 나는 자랑스럽게 알렸다. "엄마, 나 끝냈어!"

엄마는 퍼즐을 유심히 바라보다 초록색 부분을 가리켰다. 그곳이 자신의 고향이라고 했다. 가장 오른쪽 아래에 놓인 아주 작은 나라였다. 그러고는 지금 우리가 있는 곳을 가리켰다. 가장 왼쪽 위에 놓인 커다란 분홍색 지역이었다. 잠시 후 엄마는 퍼즐의 가장자리를 가리키고서 아무것도 없는 바닥을 가리켰다. "저긴 위험해. 떨어져."

"아냐, 안 그래." 내가 말했다. "세상은 둥글어. 공 같아."

하지만 엄마는 고집을 부렸다. "아니야."

나는 계속해서 말을 이어갔다. "가장자리에 다다르면 곧장 반대편에 도착하는 거야."

"네가 어떻게 알아?" 엄마가 물었다.

"선생님이 말해줬어. 미스 수 선생님이." 미스 수 선생님의 책상에는 지구본이 있었고 그녀는 바다나 대륙이나 판 구조론에 대해 설명할 때마다 지구본을 가리켰다. 나는 미스 수의 말이 진실인지 알 수 없었다. 진실이냐고 물어볼 생각조차 하지 못했다.

"세상은 이것처럼 평평해." 엄마는 지도를 만지면서 말하더니 손바닥으로 퍼즐을 바닥으로 쓸어버렸다. 서로 맞춰져 있던 조각들이 분해되었다. 공들인 시간이 단 한 번의 동작으로 사라졌다. "학교에 다니지 않았다고 아무것도 모르는 건 아냐."

나는 그때 엄마가 아는 걸 생각해보았다. 엄마는 전쟁에 대해 알았다. 어둠 속에서 총을 맞는 게 어떤 건지, 품안에서 죽어가는 사람을 보는 게 어떤 건지, 폭탄이 무엇을 파괴할 수 있는지. 그건 내가 알지 못하는 것들이었다. 그리고 지금 우리가 사는 곳, 그런 일은 전혀 일어나지 않는 나라에서 살면 그런 건 몰라도 상관없었다. 나는 모르는 게 많았다.

우리는 서로 달랐고, 그때 우리는 그걸 이해했다.

몇 주 뒤 엄마와 나는 공원에 갔다. 추운 날이었고 노란 잔디 위로 얼음이 깔려 있었다. 그전에 나는 책을 읽었고 엄마는 TV를 봤다. 엄마는 주로 웃음을 주는 프로그램을 시청했지만 그날따라 한 프로그램에 정착하지 못했다. 연신 리모컨 버튼을 누르며 채널을 넘기고 또 넘기다가 결국 가장 처음에 본 채널로 돌아오고 말았다.

나는 그네로 냉큼 뛰어가 폴짝 올라탔고 양다리로 바닥을 세차게 밀면서 공중으로 솟아올랐다. 파란색 겨울 코트를 입은 엄마는 홀로 공원 벤치에 앉아 맞은편에서 나를 바라보았다. 그녀는 멀리 있지 않았다. 나는 나를 보라고, 혼자서 얼마나 높이 올라가는지 보라며 엄마를 불렀다. 하지만 엄마의 고개는 다른 쪽을 향해 있었고 두 눈은 다른 무언가를 응시하고 있었다.

나는 그네를 밀다가 멈추고 엄마의 눈길이 닿은 곳을 보려고 고개를 돌렸다. 그네가 서서히 멈췄다. 한 남자가 아파트 건물에서 뛰어나왔는데 사각팬티와 흰색 티셔츠 차림이었다. 급하게 허둥지둥하는 모습으로 보아 그런 행색으로 추운 바깥에 나올 계획은 아니었던 것 같았다.

바지 정장 차림의 한 여자가 그를 쫓아나왔다. 하이힐이 탁자 위의 연필처럼 보도 위에서 또각거렸다.

그 남자가 뒤를 흘끗 보고 멈춰 서서 괴성을 질렀다. "끝이야. 우리는 끝났어!" 여자는 그를 끌어안으려 했지만 그는 그녀의 팔을 뿌리치며 거부했다.

나는 엄마에게 걸어가 그녀의 시야를 가리고 서서 말했다. "집에 가자." 나를 올려다보는 엄마의 두 눈에 눈물이 고여 있었다. "눈이 와." 엄마는 그렇게 말하고서 주위를 둘러보았다. 그녀는 딱 한 번 그렇게 말했다. 작고 분명한 목소리로. 눈이 와. 하지만 눈에 대한 말처럼 들리지 않았다. 나는 엄마의 그런 모습을 처음 보았다. 엄마가 나를 다시 올려다보며 말했다. "네 걱정은 안 해도 되겠지, 그치." 나는 그게 정말 질문인지 확신할 수 없었지만 고개를 끄덕였다.

얼마 지나지 않아 내가 잠든 어느 밤, 엄마는 여행 가방을 들고 문을 나섰다. 아빠는 엄마가 떠나는 걸 보았다고 말했다. 그는 아무것도 하지 않았다.

이 모든 건 오래전 일이지만, 나는 아직도 엄마가 돌아오기만을 기다리던 그 시절의 슬픔을 느낄 수 있다. 그땐 몰랐지만 이제는 안다. 엄마가 잠깐 떠난 게 아니라, 영영 떠났다는 것을. 그녀가 떠난 이유는 생각하지 않는다. 그건 더이상 중요하지 않다. 중요한 건 떠났다는 사실이다. 그 외에 더 무엇을 생각해야 할까?

종종 꿈에 엄마의 얼굴이 나온다. 그 시절처럼 여전히 젊다. 나는 엄마의 목소리를 기억하지 못하는데 꿈속의 그녀는 입술을 움직이며 항상 내게 무슨 말을 전하려고 한다. 꿈은 단 몇 초에 불과할지도 모르지만 이미 지나가버린 시간을 우리 사이에 다시 풀어놓기에는 그걸로 충분하다. 그런 꿈에서 깨어나면 마흔다섯 살의 나는 그때의 심경을 생생하게 느끼며 다시 어린아이가 된다. 그녀를 잃었다는 사실에 다시 한번 비통해진다.

아빠는 비통해하지 않았다. 그는 난민이 되었을 때 이 삶의 모든 비통함을 소진해버렸다. 사랑을 잃는 것, 아내로부터 버림받는 것조차 사치였다—어쨌거나 살아 있으니까.

어느 밤, 나는 저녁 뉴스에서 지구의 영상을 보았다. 이미 수없이 본 영상이었다. 엄마는 그 자리에 없었지만 나는 굴하지 않고 말을 건다. "봤지? 정말 둥글잖아. 이제 확실히 알겠지." 나는 다시 한번 크게 말했다. 그 말소리는 이미 사라졌지만, 나는 그것이 세상의 소리가 되었음을 안다.

나중에 나는 화장실 거울 앞에서 입안을 가만히 바라보았다. 입을 크게 벌리고 뜨겁고 축축한 분홍색 살을, 내 목소리가 나오는 어두운 구멍을 바라보다 크고 거칠게 웃었다. 환풍구를 통해 웃음소리가 퍼져나갔다. 나는 이 건물에 사는 사람들이 그게 어디에서 나는 소리인지, 이 늦은 시간에 여자가 무엇 때문에 그렇게 웃는지 궁금해하는 모습을 상상했다.

스쿨버스 기사

스쿨버스 기사의 이름은 자이였다. 차이*와 운을 이뤘다. 그는 사진 속 아내의 가슴을 바라보고 있었다. 아내가 입은 흰색 비키니 상의 안의 가슴은 탄탄하고 생기가 넘쳤다. 비키니 하의는 손바닥만한 천조각이 리본으로 묶은 얇은 끈에 붙어 있는 형태였다. 그녀는 정돈되지 않은 호텔 침대의 하얀 시트 위에 무릎을 꿇고 앉아 카메라를 응시하고 있었다. 스쿨버스 기사는 휴가 사진 속 아내가 이상해 보인다고 생각했다. 지금껏 그녀는 그를 위해 이런 포즈를 취한 적이 없었다. 까만 머리카락은 굵게 컬이 말려 있었고 그녀는 마치 어

* 라오어로 자이(ໃຈ)는 '마음', 차이(ໄຊ)는 '승리'라는 뜻이다.

린아이가 가지고 노는 인형처럼 보였다. 파란 눈꺼풀, 기다란 인조 속눈썹, 둥그런 장밋빛 뺨, 빨간 입술. 그녀가 자의로 이런 화장을 한 적은 한 번도 없었다. 아주 살짝이라도 노출이 있는 옷을 권하면 "아이고" 하고 말도 안 된다며 고개를 젓곤 했다. 이 비키니는 분명 프랭크의 아이디어일 것이었다.

"아, 프랭크. 정말 멍청이야." 아내는 이 일을 가볍게 넘기려 애쓰며 키득거렸다. 프랭크는 그녀가 일하는 가게, 커피타임의 사장이었다.

스쿨버스 기사는 아내를 위한 깜짝 선물로 라오스 여행을 준비하려고 마음먹었다. 요즘 들어 부쩍 근무 시간이 길어진 아내는 근사한 휴가를 보낼 자격이 있었다. 그는 비행기 티켓을 한 장만 샀고(당시에 그가 감당할 수 있는 전부였다), 아내 혼자 가족을 만나고 오리라 생각했다. 하지만 아내가 프랭크에게 휴가를 요청하자 그는 한 가지 조건하에 수락했다. 그가 함께 간다는 조건이었다.

"난 항상 현지인과 함께 외국을 구경해보고 싶었어." 프랭크가 말했다.

다른 사진들에서는 프랭크가 아내의 사촌들, 부모, 조부모와 함께 웃으면서 포즈를 취하고 있었다. 하지만 아내가 하얀색 비키니를 입은 사진을 찍을 때 프랭크는 틀림없이 카메라 뒤에 서 있었을 것이다. 아내의 독사진은 정말 많았다.

스쿨버스 기사와 그의 아내는 새로 지은 벽돌집에서 살았다. 차 두 대를 넣을 수 있는 차고, 방 네 개, 화장실 두 개, 마감 처리가 잘된 지하실이 있는 집이었다. 그 거리에는 정확히 똑같이 생긴 집이 두 채 더 있었다. 개발업자는 주변의 쇼핑몰과 주차장을 헐고 똑같은 집을 더 지으려고 했지만 수수료, 허가권, 지대 승인에 관한 문제가 있었다. 개발업자가 해결하기에는 너무 복잡했다. 그래서 결국 똑같은 벽돌집 세 채만 쇼핑몰 주차장과 높다란 아파트 사이에 낀 채 번화가를 마주보고 있게 되었다. 개발업자는 집을 재빨리 팔아넘기느라 스쿨버스 기사와 그의 아내가 그 집을 살 만한 형편이 되는지는 제대로 살피지 않았다. 어쨌거나 그들은 이제 집을 갖게 되었다. 비록 주택담보대출금을 감당할 수 없긴 했지만. 스쿨버스 기사는 풀타임 근무도 아니었고 아내는 커피타임에서 최저임금을 받고 일하는데, 어떻게 대출금을 감당할 수 있을까. 그들은 그달그달 할부금만 간신히 낼 뿐이었다.

가끔 형편이 몹시 쪼들릴 때면 스쿨버스 기사의 아내는 프랭크에게 보너스를 받았다며 현금을 들고 퇴근하곤 했다. 일을 잘해서 받은 보너스라고 말했다. "이 보너스는 이번 한 번

뿐이야. 내가 일을 잘해서 받은 거야." 아내가 말했다. 그런 면에서 프랭크는 그들에게 정말 좋은 사람이었다.

프랭크와의 라오스 여행 이후로 스쿨버스 기사의 아내는 더 오래 근무하기 시작했다. 아내는 이제 평소보다 훨씬 더 늦게 집에 왔다. 처음에는 버스 시간표 탓을 했다. 해가 지고 나면 버스가 자주 오지 않는다고 했다. "여자가 밤에 버스정류장에 서 있으면 얼마나 무서운지 당신은 모르겠지. 변태가 나타나면 방어할 수 있게 열쇠를 손가락 사이에 끼고 있어야 한단 말이야. 당신은 절대 몰라!"

그는 이해가 되지 않았지만 아내의 말이 맞았다. 그는 여자로 사는 게 어떤 건지 몰랐다. 스쿨버스 기사는 아내에게 일이 끝나는 시간에 태우러 가겠다고 제안했다. 하지만 그녀는 웃으며 말했다. "그 커다란 노란 버스를 끌고 올 생각은 하지도 마."

그래서 아내는 출퇴근길에 친구 프랭크의 차를 얻어탈 수 있게 손을 써두었다. 같은 시간에 같은 곳으로 출퇴근하는 사람은 프랭크였으니 결국 그게 합리적일 수밖에 없었다.

프랭크는 진초록색 재규어를 몰았다. 고급 승용차였다. 도로 위를 소리없이 움직이며 스쿨버스 기사의 아내를 태우고 내려주는 동안 엔진음은 전혀 들리지 않았다. 그는 차를 잘 관리했다. 눈이 내리는 한겨울에도 프랭크의 차는 언제나 방금 닦은 듯 광이 났다. 일 년 내내 그런 상태를 유지했다.

스쿨버스 기사는 예전엔 어땠는지 돌이켜보았다. 아내가 커피타임에서 처음 일하기 시작했을 때 풍기던 냄새가 떠올랐다. 약간 탄 커피콩 냄새였다. 그는 대중교통에 의존할 필요가 없어진 뒤로 아내가 더 행복해 보인다는 걸 인정할 수밖에 없었다. 이제 그녀에게선 시가 냄새가 났다. 프랭크의 시가였다. 약간의 금속과 먼지 냄새였다. 어쩌면 프랭크는 차 안에서 흡연을 하는지도 몰랐다. 그래서 냄새가 그녀의 온몸에 배인 것이다.

그 일이 처음 일어난 건 토요일 오후였다. 프랭크가 스쿨버스 기사의 집에 들렀다. 이제 그는 마치 자기 집인 양 진초록색 재규어를 그들의 집 앞 진입로에 주차했다. 스쿨버스 기사는 아내가 근무하지 않는 주말에 프랭크가 집에 들르는 게 이상하다고 생각했다. 아내는 문을 열어주고 그를 집안으로 들였다. 스쿨버스 기사는 거실에서 TV를 보고 있었지만 그들은 그와 자리를 함께하지 않았다.

그의 아내는 일과 관련해서 나눌 얘기가 있다고 했다. "아주 지겨워." 그녀가 말했다.

그들은 침실로 들어갔다.

잠금장치가 딸깍하고 잠겼다.

그는 그들이 무얼 하는지, 둘 다 알몸일지 궁금했다. 어떻게 그리 조용할 수 있는 걸까. 그는 일을 크게 만들고 싶지 않았다.

"왜 내가 친구 사귀는 걸 싫어하는 거야!" 그가 프랭크와 침실에서 무슨 일이 있었는지 묻자 아내가 말했다. 그는 말다툼이 싫었다. 다툴 만한 일은 어떻게 해서든 피하곤 했다. 이번 일도 다 잊어버린 셈 칠까 생각했지만, 줏대 없어 보이거나, 최악의 경우, 아내에게 신경쓰지 않는 것처럼 보이고 싶지 않았다. 때때로 그가 항의하며 맞서려 들면 프랭크가 끼어들었다. 프랭크의 얼굴은 붉어진 채 땀에 젖어 있었고 희끗희끗한 머리카락은 축축하니 헝클어져 있었다. "쿨하게 굴어!"

이따금 그는 프랭크가 자신을 조롱하는 거라고 확신했지만, 생각만 해도 너무 끔찍했다. 어떻게 확인할 것이며, 누구에게 이 이야기를 꺼낸단 말인가? 그의 아내는 그가 두 사람의 우정을 질투하는 것뿐이라며 친구를 사귀지 못하게 한다고 또다시 비난할 게 뻔했다. 그는 아내를 소유하고 싶어 안달이 난, 질투심 강한 남편으로 보이고 싶지 않았다. 비록 그게 그의 본심이더라도.

"제이. 이 나라 사람들은 이런 식으로 우정을 쌓아." 아내가 말했다.

몇 초 동안 그는 아내가 다른 사람 얘기를 하는 거라고, 아니 다른 사람에게 말하는 거라고 생각했다. 하지만 이내 그게 자신의 이름이라는 걸 깨달았다. 제이. 블루제이 같은 작은 파랑새, 하늘의 작은 점. 아내에게 자신의 이름은 자이라고 다시 알려주고 싶었다. 라오어로 마음이라는 뜻이야! 그는 소리치고 싶었다. 하지만 그럼 아내는 이 나라 남자들은 여자에게 목소리를 높이지 않는다는 사실을 상기시킬 것이다. 아니면 그에게 영어를 연습하라고 말할 것이다. "여기선 아무도 자이가 마음을 뜻한다는 걸 몰라." 그녀는 이렇게 말할 것이다. 그의 이름이 그런 뜻이라 한들 어쩌란 말인가? 영어로는 아무 의미도 없는 단어였다. 이곳에서 중요한 유일한 언어는 영어였다.

"그게 이 나라가 돌아가는 방식이야." 그녀가 말했다.

그가 여기서 살아가려면 적응하고 맞추고 너무 보수적으로 굴지 않는 법을 배워야 했다.

“쿨하게 굴어.” 아내가 완벽한 영어로 말했다. 꼭 프랭크처럼.

어느 월요일 아침, 스쿨버스 기사는 눈에 파묻힌 버스를 꺼내려고 주차장에 갔다. 그는 캐나디안 타이어에서 산 삽을 들고 바퀴 주변의 눈을 퍼내기 시작했다. 밤새 눈이 5인치나 쌓였지만 가볍고 보송보송한 눈이라 아직 얼음으로 굳지 않았다. 삽질은 쉬웠다. 십 분이 지나지 않아 그는 먼지를 떨어내듯 길에 쌓인 눈을 치워냈다. 어차피 타이어가 충분히 굴러갈 수 있을 정도라 버스를 꺼내는 데 삽질은 필요 없었지만 습관적으로 그렇게 했다.

그는 버스 지붕에 쌓인 눈을 깨끗이 치워야겠다고 생각했다. 뒤따라오는 차에 눈뭉치가 떨어지는 건 원치 않았다. 하지만 삽을 뻗어도 혼자서는 버스 지붕에 닿을 수 없었고 사다리도 없었다. 지금으로서는 이 정도 작업만으로 충분했다. 스쿨버스 기사는 바퀴 주변을 마저 삽질하고 앞좌석 바닥에 삽을 던져놓은 뒤 시동을 걸어 버스 안을 덥혔다. 운전석에서 그는 와이퍼 아래에 끼워진 노란색 종잇조각을 발견했다.

또 받았군.

그는 다시 밖으로 나가 주차위반 딱지를 잡아빼고 작은 사각형이 될 때까지 접었다. 그는 그걸 지갑 속 아내 사진 아래에 끼워두었다. 오래된 흑백사진이었다. 라오스에 살던 시절 찍은 것이었다. 아내는 웃고 있었다. 가운데 가르마를 탄 머리에 얼굴은 수수하고 미소는 수줍었다. 사진 옆 비닐 칸에는 그의 운전면허증이 있었다. 그는 자신의 이름을 보았다. 자이. 차이와 운을 이뤘다. 마음이라는 뜻이다. 마음.

당신은 너무 창피해

바깥은 온통 흐릿하고 축축했다. 할 수 있는 건 아무것도 없었다. 앞유리 와이퍼가 흐느끼는 소리를 냈다. 흐윽. 흐윽. 흐윽. 여자의 파란색 소형차는 골목길에 주차되어 있었다. 그녀는 잠깐이라도 딸을 보고 싶었다. 딸은 매일 오후 네시쯤 퇴근했다.

전에도 이런 적이 있었다. 이 골목에 앉아 기다렸다. 딸의 눈에 띌 걱정은 없었다. 엄마가 요즘 어떤 차를 몰고 다니는지 딸아이는 전혀 모를 게 분명했다.

몇 달 전 여자는 딸의 집으로 향했다. 길 건너 보도에서 어둠 속에 잠긴 채 잠깐이라도 볼 수 있기를 바라며 기다렸다. 딸이 행복한지 확인하고 싶었지만, 자신의 모습을 있는 그대로 내보여 부끄러워지고 싶지는 않았다. 그녀의 머리카락은 지푸라기 같았다. 손톱 밑의 때와 몸에 밴 농장 냄새는 아무리 닦아내도 없어지지 않았다.

집밖에서 보고 있으니 세세한 것들이 눈에 들어왔다. 방안에 불이 켜졌고, 길가 연석에는 검은색 쓰레기 봉지의 윤곽이 보였다. 이윽고 주방 창틀 안으로 딸의 얼굴이 나타났다. 마치 작은 사진 같았다. 딸은 개수대에 서서 설거지를 하고 있었다. 딸아이의 남편이 시야에 들어오더니 그녀의 목덜미를 어루만지고 그녀를 돌려세워 천천히 춤을 추었다. 딸은 행복해 보였다. 엄마가 되면 생명을 창조하고, 그 생명이 자기만의 길을 가는 걸 보게 된다. 그것이 엄마가 희망하고 원하는 바다. 하지만 그 일은 엄마가 없을 때 일어난다.

여자는 다시 자신의 차 안으로 미끄러지듯 들어가 차를 몰고 떠났다.

여자는 작년 뇌졸중을 겪은 이후로 줄곧 전화를 걸고 싶었다. 하지만 딸에게 어눌한 말을 들려주거나 축 처진 한쪽 얼굴을 보여주고 싶지 않았다. 보살핌이 필요하다는 인상을 주고 싶지 않았다. 짐이 되고 싶지 않았다. 육 개월 동안 치료를 받고 나서야 예전의 모습과 목소리를 되찾았다. 웃거나 할 때 가끔 방심하면 얼굴 근육 일부가 반응이 느린 게 보였다. 음식맛도 전처럼 느껴지지 않았다. 그녀의 미각은 이제 오락가락한다. 모든 음식이 쓰게 느껴질 때가 대부분이다. 입안을 가득 채운 그 쓴맛은 삼키기가 어렵다.

여자는 당시 농장에서 일하고 있었다. 친구를 통해서 그 일을 구했다. 플라스틱 공장이 문을 닫고 난 후로 일자리를 찾기가 어려워진 터였다. 그 공장에서 그녀는 사십 년 동안 일했다. 더이상 그런 직장은 없다. 공장에서 퇴직금을 지급해준 덕에 딸의 학비를 내주고도 남는 돈이 조금 있었다. 하지만 그건 중요하지 않았다. 여자는 일자리를 원했다. 열두 시간 동안 할 수 있는 일. 그녀는 운전할 줄 알았다. 친구가 그녀에게 자신과 다른 친구들을 농장까지 태워다줄 수 있겠느냐고 물어오자 그녀는 수락했다. 그녀는 그들의 애정어린 장난, 야한 농담, 모든 이야기에 그녀를 끼워주고 아무것도 묻지 않은 채 받아들여주는 태도가 좋았다. 그들이 농장에 인부가 더 필요하다고 하자 그녀는 같이 일하고 싶다고 말했다. "그런데 너는 운전도 할 줄 알고 영어도 누구보다 잘하는데. 무슨 일자리든 구할 수 있잖아." 그녀는 그렇지 않다고 말하고 싶지 않았다. 자존심 때문에 그냥 이렇게 말했다. "심심해. 농장 일이 재밌을 것 같아서."

등으로 태양빛을 느끼며 야외에, 대지 위에 있는 것이 좋았다. 여자는 잡초를 뽑아냈다. 가시가 있는 잡초를. 손을 보호하기 위해 장갑을 꼈지만, 가끔 날카롭고 가느다란 가시에 찔리기도 했다. 농장에서는 제초제를 쓰지 않았다. 수확 후 유기농으로 팔려나갈 딸기밭이 옆에 있기 때문이었다. 하지만 여자는 해야 할 일이라면 무엇이든 했다. 트랙터를 몰기도 했다. 그녀는 그게 좋았다. 가장 높은 곳에 앉아 있는 것이. 하지만 겨울에는 농장 일이 없었다. 그리고 이 나라의 겨울은 정말 길었다. 이 땅에서 무언가 자라난다는 것이 믿기지 않을 만큼. 추위가 시작되면 여자는 다른 일자리를 구해야 했다.

여자가 찾은 건 당근이었다. 기후가 더 따뜻한 지역에서 오는 당근을 가공하는 농장이었다. 가끔 기묘한 모양으로 자라난 것들도 있었는데 그런 당근은 폐기해야 했다. 어떤 식료품점에서도 주먹처럼 보이는 당근을 사려고 하지 않을 터였다. 당근마다 표면에 제각각의 혹과 불룩한 부분이 있었다. 기계로 껍질을 벗기는 건 불가능했다. 기계 날이 고장나 수리공이 와서 고칠 때까지 모든 작업을 멈춰야 하는 상황이 될 테니까. 사람이 직접 당근 껍질을 벗기는 게 비용이 덜 들었다. 농장에서 일하는 사람은 그저 몸뚱어리가 되고 만다.

제시간에 도착해서 일해야 한다. 구부리고, 무릎을 꿇고, 들어올리고, 집어올리고, 끌어내야 한다. 그걸 적어도 여덟 시간 동안 이어간다. 때로는 날씨와 싸우며 열두 시간을 일한다. 날씨와 상관없이 언제나 일한다.

처음에는 이런 육체노동으로 몸이 아팠다. 무릎, 그리고 특히 발바닥이. 일을 하는 중에는 어떤 일을 해야 하고 끝마쳐야 하는지 생각하느라 바빠서 아픈 것도 몰랐다. 고통이 찾아드는 건 밤에 샤워를 하고 난 뒤였다.

여자는 뇌졸중이 일어난 걸 몰랐다. 피곤해서 사흘 동안 침대에서 나오지 못하다가 간신히 세수를 하려고 일어났을 때에야 거울에 비친 오른쪽 얼굴이 축 처진 걸 보았다. 병원에서는 혼자 운전해서 온 걸 보면 기능상 이상은 없다고 했다. 주의깊게 관찰하는 것 외에는 해줄 게 없다고. 그들은 여자를 집으로 돌려보냈다. 그녀는 집으로 갔다. 하지만 오른쪽 얼굴이 여전히 처져 있었다. 이윽고 마치 물속에 있는 것처럼 귀가 제 기능을 못하기 시작했다. 여자는 혼자 병원까지 차를 몰았고, 병원에 두 달간 머물렀다. 어떻게 혼자서 그렇게 왔다갔다한 건지는 자신도 설명할 수 없었다. 하지만 그녀는 운이 좋았다. 혼자 사는 사람이 세상을 떠나면 누군가에게 발견되기까지 시간이 걸린다. 언제나 속이 먼저 가버린다. 시체에서 냄새가 난다면 거기서 나는 것이다. 속에서.

거의 이십 년 전이다. 그때도 비가 내렸다. 여자는 지금처럼 학교 앞에서, 차 안에서 기다렸다. 딸은 습관을 매우 중시하는 아이였다. 항상 네시 무렵 학교에서 나왔다. 네시가 넘어도 딸이 나타나지 않자, 여자는 차 밖으로 나왔다. 그녀는 처음 보이는 학생을 멈춰 세웠다. "찬타카드를 찾고 있는데." 그러자 학생이 말했다. "아, 셀린 말이죠?" 그러고는 손으로 가리켰다. 딸아이가 사물함 옆에서 가방에 책을 쑤셔넣고 있었다. 사물함 문 안쪽에는 작은 거울, 메모지, 하트 모양 자석이 붙어 있었다.

딸은 엄마를 발견하고는 사물함을 재빨리 쾅 닫고 거칠게 자물쇠를 잠갔다. 그런 다음 여자에게 달려와 그녀를 문밖으로 이끌었다. "여기서 뭐해?" 그녀는 엄마의 걸음을 재촉했다.

"너 데리러 왔지." 여자가 말했다. "비가 오잖아."

"다시는 안으로 들어오지 마. 차 안에서 기다려."

"너한테 무슨 일이 일어났으면 어떡해? 걱정했잖아."

"그냥 들어오지 마, 알았어?"

그들은 주차장을 가로질러 걸어갔다. 따가울 정도로 차가운 비가 기습적으로 세차게 내렸다. 비를 뚫고 달려가 가능한 한 빨리 차 안으로 들어가는 것 말고는 비를 피할 도리가 없었다.

"이제 그 이름으로 부르지 마!" 딸이 뒷좌석에서 안전띠를 딸깍하고 채우며 말을 이었다. "다들 셀린이라고 부른다고."

"셀린? 찬타카드가 어떻게 셀린이 되지?"

"이제 그게 나야. 난 셀린이야. 그리고 제발 부탁인데, 내 친구들한테 말 걸지 말아줄래? 엄마는 너무 창피해."

그때 딸이 몇 살이었더라. 열세 살이었나? 확신에 찬 열세 살. 여자는 궁금했다. 무엇이 그렇게 창피했을까? 파마머리일까? 여자는 포장에 적힌 설명문을 읽지 않았고 약을 너무 오랫동안 방치했다. 그래서 딸의 머리카락은 두피부터 꼬불꼬불 말린 상태였다. 아니면 벼룩시장에서 산, 허리에 휘장이라도 두른 것처럼 치켜올린 헐렁한 청바지 때문일까? 어쩌면 그저 그녀가 엄마라서, 모든 엄마는 창피하니까 그럴지도. 어쩌면 그녀와 거리를 두려고 한 말일지도 몰랐다.

"그러니까," 여자는 몸을 돌려 딸을 마주했다. 뒷좌석에 앉아 있는 사람은 다름아닌 그녀의 딸이었다. 하지만 처음 보는 사람이 오히려 그녀에게 더 친절했을 것이다. "넌 이해 못할 거야. 하지만 언젠가, 너도 엄마가 되면 방금 한 말이 떠오를 거야. 그리고 그런 말을 내뱉은 스스로가 싫어지겠지. 넌 몰라. 아이를 낳는 게, 몸이 그렇게 터져 벌어지며 열리는 게 어떤 건지. 그러곤 그 생명을 닦아주고 씻기고 먹여야 해. 그 많은 울음과 트림과 똥을 처리하면서. 엄만 그걸 다 혼자서 했어! 넌 몰라!" 딸은 저멀리 무언가 있기라도 한 듯 창밖을 응시했다. 여자가 말을 이었다. "이 말 한마디만 할게. 꼭 기억해! 꼭 기억해야 해! 진심으로 엄마가 되고 싶어하는 사람은 없어. 엄마가 되고 나서야 그걸 깨닫지." 여자는 다시 몸을 앞으로 기울여 시동을 걸고, 왼쪽 어깨 위로 안전띠를 당겨 딸깍 채우고서 자세를 바로잡았다. 그런 다음 사이드미러와 백미러를 확인하고 길이 뚫리길 기다렸다.

호읍. 호읍. 호읍. 누군가 차창을 노크했다. 차 옆에 누가 서 있었다. 얼굴이 보이지 않았다. 여자는 잠시 딸일지도 모른다고 생각했다. 하지만 창문을 내리자 다른 얼굴이 나타났다. 경찰복을 입은 남자였다. 그가 말했다. "부인, 여긴 주차 공간이 아니에요. 지금 옮기지 않으면 딱지를 끊어야 합니다. 아시겠죠?"

여자는 사과를 하고 시동을 걸었다. 네시 십오분이었고 그녀는 아직 딸을 보지 못했다. 못 본 사이 지나간 걸까? 호읍.

흐윽. 흐윽. 차 안과 밖에서 벌어지는 일을 분간하기 어려워졌다. 흐릿한 것, 축축한 것, 비, 흐느낌.

으으으어어얼끄

내가 여덟 살이 되던 여름, 증조할머니가 내게 가슴을 보여주었다. 내 가슴은 이제 막 나오기 시작했고, 아프고 민감했다. 아직 브래지어를 착용할 만큼 나오진 않았지만 분홍색 유니콘 티셔츠 아래로 봉긋 솟은 게 보였다. 오빠의 친구들은 그걸 보고 모기 물린 자국이라고 했다.

증조할머니는 이모, 이모부, 사촌들과 한집에 살았다. 할머니와 나는 단둘이 주방에 있었고 다른 가족은 밖에, 뒤뜰에 있었다. 할머니는 언제나 담배 용품이 가득 든 바구니를 가지고 다녔다. 나는 할머니가 비닐봉지에 든 담뱃잎을 한 뭉치 꺼내 풍선껌 크기로 둥글게 뭉치는 모습을 바라보았다. 그런 다음 그녀는 그걸 윗입술 안 오른쪽 구석 아래에 끼워넣었다. 때로는 빈 양철통에 붉은 무언가를 뱉어내곤 했다. 잘 모르는 사람은 피를 뱉는다고 생각했을 것이다. 양철통에선 오래 묵은 오줌처럼 코를 찌르는 냄새가 났다. 할머니와 같은 방에 있으면 모를 수가 없었다. 그래도 난 냄새가 신경 쓰이지 않았고, 어느 정도 지나면 전혀 의식할 수 없었다.

할머니는 양철통에 침을 뱉고 내 가슴을 가리키며 말했다. "그래, 작은 찌찌가 생겼구나." 딱 이렇게 말했다. 전혀 부끄러워하지도 에둘러 말하지도 않았다. "브래지어를 차야겠네." 그러더니 입고 있던 면티셔츠를 훌떡 벗었다. 직접 만든 옷이었다. "이 몸에 맞는 옷이 없어. 예전처럼 가슴을 받쳐주는 옷도 없고. 나 같은 사람을 위한 옷은 만들지 않거든. 내가 돈이 될 만큼 오래 살 거라고 생각하지 않나봐."

할머니는 집에서 꿰맨 브래지어 안으로 손을 찔러넣더니 맨가슴을 꺼냈다. 가지 같았다. 슈퍼마켓에서 방금 사 온 신선한 가지가 아니라, 상당 기간 냉장고에 넣어둔 가지.

할머니가 말했다. "어렸을 땐 모든 남자애가 내 가슴을 좋아했어. 다들 슬쩍 만져보고 싶어했지! 너도 곧 알게 될 거다."

나는 할머니의 젖꼭지가 어디에 있느냐고 물어보았고 그녀는 자기 가슴 제일 아래 어둡고 둥근 돌출부를 가리켰다.

나는 그때까지 본 모든 가슴을 떠올려보았다. 엄마의 가슴은 작았고 젖꼭지는 분홍색 단추처럼 불룩 튀어나와 있었다. "예전엔 더 컸어." 언젠가 엄마가 말했다. "너와 네 오빠가 이렇게 만들었지. 젖을 몽땅 빨아먹었어." 그리고 작년 여름, 내가 오빠와 오빠 친구들과 어울려 놀기 시작했을 때, 그중 한 명이 벌거벗은 여자 사진이 표지에 실린 잡지를 훔쳐왔다. 그의 아빠가 가지고 있던 것이었다. 그들을 따라 나도 여자의 가슴을 빤히 쳐다보았다. 엄청나게 컸다. 너무 커서 여자의 머리가 작아 보일 정도였다.

그 남자애는 아이들의 시선이 잡지에 오래 머물게 내버려두지 않았다. 대신 페이지를 모조리 뜯어내 조각조각 찢더니 한 조각씩 팔았다. 가슴 한쪽은 25센트였고 가슴 두 쪽은 1달러였다. 그는 내게 털이 수북한 가랑이를 찢어주더니 공짜로 가져도 된다고 말했다. 나보다 세 살 많은 오빠는 얼굴을 샀다. 가장 싼 1페니짜리였다. 나중에 우리는 한데 모여서 조각들을 테이프로 다시 붙이려고 했다. 그들은 내게 가랑이 조각을 내놓으라고 말했다. 하지만 나는 그걸 다리 너머로 던져버렸다고 말했다. 사실 그 조각은 곱게 접힌 채 내 뒷주머니에 들어 있었다. 나는 그들이 그녀의 가랑이를 갖는 걸 원치 않았다. 하지만 누군가 여자의 가랑이가 있어야 할 부분에 손가락을 집어넣더니 빙빙 돌렸다.

"무섭니?" 증조할머니가 재미있는 듯 웃으며 내게 물었다.

나는 무섭지 않았다. 오히려 신기했다. "왜 할머니 가슴은 누드 잡지에 나오는 가슴처럼 생기지 않았어요?" 내가 물었다.

"바보 같은 소리 말거라. 이렇게 생긴 걸 사진이나 영화로 찍을 것 같니? 장난으로나 그러겠지. 하지만 이게 진짜란다. 브래지어를 차지 않으면 이렇게 돼…… 음, 브래지어를 차더라도 뭐, 달라지는 건 없어. 어차피 결국에는 이렇게 돼." 할머니는 어깨를 으쓱하며 자신의 가슴을 들어올리더니 한쪽씩 브래지어 안에 집어넣고는 밀가루 반죽처럼 쓰다듬었다. "그리고 또 한 가지," 그녀가 덧붙였다. "남자애가 처음으로 '사랑해'라고 말할 때 네 두 다리가 이렇게 저절로 비틀리며 벌어질 거야." 할머니는 두 손가락을 들더니 천천히 벌려 V자를 만들었다. 그와 동시에 녹슨 경첩 소리를 냈다. "으으으어어얼끄." 그런 다음 두 눈을 꼭 감고서 고개를 뒤로 홱 젖혔고, 너무 노골적이었다고 생각했는지 웃음을 터뜨렸다. 그 웃음소리는 목에서 나오는 것 같았다. 마른기침처럼.

할머니를 알고 지낸 시간 동안 나는 항상 그녀의 웃는 모습을 좋아했다. 눈과 이마와 보조개 주변이 수없이 많은 주름으로 채워지는 걸 보는 게 좋았다. 할머니가 웃지 않을 때면 나는 그녀의 얼굴을 붙잡고 꼬집어서 웃는 모습을 만들곤 했다. 하지만 지금 내가 보고 싶은 건 웃음이 아니었다.

"그런 일은 저한테 안 일어나요!" 나는 고개를 격렬하게 흔들며 가슴을 한껏 내밀고 자신 있게 말했다.

"아니야. 특히 너한테는 꼭 일어날 거다. 넌 네가 아주 똑똑하다고 생각하지만, 너한테도 결국 그런 일이 일어날 거야. '사랑해'라는 말을 듣는 순간 그리 될걸. 모든 사람한테 일어나는 일이야." 할머니는 한번 더 웃으면서 말했다. "넌 예외일 거라고 생각지 마. 아직 어리긴 하지만, 그래서 알면 안 된다는 뜻은 아니잖니. 지금은 이해가 안 되더라도 나중에는 이해할 거야. 결국에는."

내게 마침내 그 일이 일어났을 때, 증조할머니가 말한 것처럼 되지는 않았다. 나는 더이상 젊지 않은 얼굴의 남자와 함께였다. 그는 사랑에 대한 어떤 말도 하지 않았다. 얼마 후 회색 시트에는 피가 흥건했다.

그 피만 보자면, 그건 정말 무엇이든 될 수 있는 것이었다.

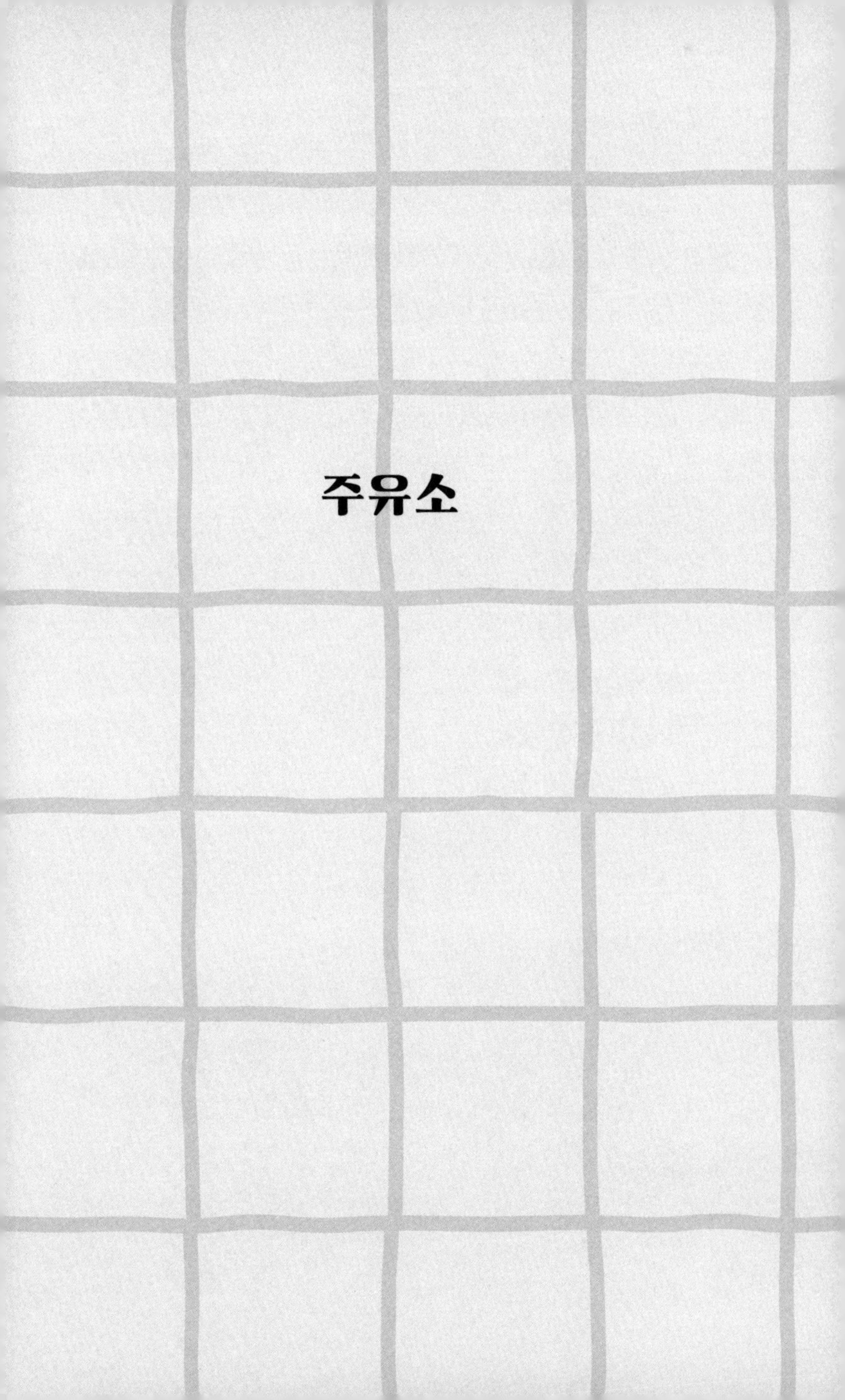

주유소

메리는 세상에 두 종류의 사람이 있다고 믿었다. 보이는 이들과 보이지 않는 이들. 메리는 자신은 후자라고 생각했다.

그녀는 그 마을에서 오래 살지 않았다. 겨우 몇 달째였다. 그곳은 해변이 유명했고 여름에는 관광객과 그들의 목소리, 온갖 오일 향과 더위로 활기가 돌았다. 날씨가 서늘해지면 사람들은 빠르게 떠났다.

메리는 서른여섯 살이었다. 그녀는 작고 새하얀 집에서 살았다. 마을에는 강한 햇살 때문에 새하얗게 칠한 집이 많았다. 그녀가 사는 집은 지붕이 납작했다. 눈이 쌓일 걱정이 없는 지방이기 때문이었다. 추위도 마찬가지였다. 집에는 모든 게 하나씩 있었다. 침실 하나. 화장실 하나. 주방 하나. 창문도 방마다 하나씩 나 있었고, 모두 똑같은 소나무를 향하고 있었다. 보기 좋은 광경은 아니었다.

메리는 집에서 일했다. 프리랜서 회계사였다. 조직의 일부가 되거나 사람을 상대하고 싶지 않았다. 기업체 하나의 흥망이 자신에게 달렸다는 데서 오는 전율이 좋았다. 납세 기간이 되면 종종 상담소나 임시 사무실을 만들어 일거리를 찾았다. 다양한 부류의 고객이 있었다. 그들 각자가 가져오는 요청, 문제, 욕망에 그녀는 놀랐다. 납세신고서에 결혼 여부를 기재하게 되어 있었기에 그녀는 사랑의 갖가지 단계를 보았다. 서로를 알아가는 초기 단계의 들뜸, 너무 오랜 시간을 함께해서 생긴 지루함, 이별의 고뇌, 이혼의 최후, 결코 오지 않을 화해라는 희망을 붙드는 미련까지도. 사람들이 찾아와 삶이 어떻게 무너졌는지 이야기하는 걸 들으며 하루하루를 보내는 게 좋았다. 눈앞에서 펼쳐지는 연극을 보는 것 같았다. 감정은 생생하고 현실적이었다. 모든 게 바로 가까이에 있었다. 그들의 감정을 느낄 필요는 없었지만 그들이 들려준 이야기들은 그녀 곁에 머물렀다.

납세 기간마다 마지막 고객은 항상 기억에 남았다. 보통 마지막이 가장 극적이었다. 지난해의 마지막 고객은 정부 기관에서 일하는 여자였다. 수준 높은 교육을 받았고 부유했으며 경제적으로도 독립해 있었다. 그녀는 양육비를 지급해줘야 할 전남편이 양육비를 청구하고 싶어한다고 말했다. 메리는 탁자 위에 펼쳐진 여자의 서류를 검토한 다음 그녀가 전남편과 함께 살지 않고, 아이는 그녀와 살고 있으므로 면제권을 청구할 수 있다고 답해주었다. 메리가 신고서를 쓰기 시작하자 여자의 두 눈에 눈물이 차올랐다. 메리는 신고서를 채워나가고 여자는 눈물을 글썽이며 한참을 그렇게 앉아 있었다. 여자가 사과했다. "믿어지지 않을 만큼 좋은 남자들을 만났어요." 그녀가 말했다. "진심으로 저를 사랑하고 아껴줬어요. 저를 인정해줬고요. 그런데 그들과는 아이가 생기지 않았어요." 그녀의 이야기는 오래된 싸구려 컨트리음악처럼 들렸다. "나이도 있고 하니까 아이가 생기리라 생각하지 못했어요. 이 남자와 만날 때도 마찬가지였고요. 그런데 느닷없이 임신하고 만 거죠. 그 좋은 남자들과 아이를 가지려고 검사도 하고 약도 먹고 그러다 포기하려고도 했는데, 그 사람과만 아이가 생긴 거예요. 최악의 남자였는데!" 메리는 아무 말도 하지 않았다. 계속해서 신고서를 채워나갈 뿐이었다.

주유소는 주간 고속도로에 진입하기 직전의 마을 가장자리에 있었다. 테니스공처럼 형광 초록색이었다. 수 마일 떨어진 곳에서도 쉽게 눈에 띄었다. 여기가 그가 일하는 곳이었다. 주유소 남자. 그는 주유를 하러 밖으로 나왔다. 아름다운 남자는 아니었지만 그녀는 그를 바라보는 게 좋았다. 아름다운 건 지루했다. 추한 건 특별하며 기억에 남았고 잊히지도 않았다. 그는 추하다는 말로는 부족했다. 기괴하다는 표현이 어울릴 듯했다. 아직 봄이 오지 않아 공기 중에는 냉기가 남아 있었지만 남자는 민소매 차림이었다. 가슴 곳곳에 따개비처럼 털이 돋아 있었다. 메리는 무성하고 축축하고 빛나는 음부의 털을 떠올렸다. 그렇게 맨살을 드러내놓고 서성거리는 그에게서 대담함이 느껴졌다.

차 안에서 메리는 연료 주입구 버튼을 눌렀다. 사이드미러로 남자를 보았다. 사물이 거울에 보이는 것보다 더 가까이 있다는 경고 문구가 적혀 있었다.

그는 언제 무슨 일을 해야 할지 알았다. 다가와서 연료 주입구 덮개를 젖히고 그 안의 작은 구멍을 덮은 뚜껑을 돌려 열었다. 그러고는 돌아서서 주유기 버튼 몇 개를 누르고 주유 펌프를 가져와 노즐을 밀어넣었다. 메리는 휘발유 소리를 들었다. 거칠고 필사적으로 쏟아져들어가는 소리를. 커다란 연료통이 채워지는 데 한참이 걸렸다.

그녀는 그가 일하는 걸 종종 보아왔지만 대화를 나눈 적은 없었다. 그는 여자들을 홀리는 것으로 유명했다. 그리고 그에게 홀렸다가 차인 여자들이 이유를 알려달라며 그의 집 창문에 붙어 울부짖어도 그냥 내버려둔다고들 했다. 메리는 그가 어떻게 여자들을 그토록 넋 나가게 하는지 궁금했다. 그런 일이 자신에게도 일어날지 알고 싶었다.

메리는 손바닥 온기로 지폐 주름을 폈다. 노인의 얼굴이 그려진 면을 누르고, 흰색 건물이 그려진 뒷면을 눌렀다. 이 나라의 돈은 전부 초록색이었다. 액면가를 착각하기 쉬웠다. 메리는 확실하게 하기 위해 숫자 50이 적힌 네 모서리를 확인했다. 그가 운전석 쪽으로 다가왔고 그녀는 차창을 아주 조금 내렸다. 지폐를 창밖으로 혀처럼 내밀자 그가 가장자리를 잡아쥐었다. 메리는 액셀을 밟으며 빠르게 떠났다.

마을은 돌아다닐 마음이 들 만한 곳은 아니었다. 보도도 없고 도로 옆에는 풀이 무성한 배수로뿐이었다. 대부분의 픽업트럭은 주간 고속도로 주행 속도로 달렸다. 은행마다 드라이브스루 창이 있었다. 납세 기간이 끝나가고 있었고, 메리는 자신이 의뢰를 받고 있다는 걸 사람들에게 알려야 했다. 그러기 위해서는 시간이 필요했다. 특히 이런 마을에서는 연초부터 공공장소에 사무실을 열고 서둘러 시작해야 했다. 게 다가 번 돈을 쓸 데가 있었다. 메리는 지역복지회관 관리자와 계약해 도서관 앞에 사무실을 차렸다. 접이식 책상을 가져오고 광고 패널을 내놓았다. 완벽한 곳 같았다. 유동인구가 많았다. 수영장과 체육관도 있었다.

워낙 작은 마을이다보니 그녀는 주유소 남자와 마주칠 수밖에 없었다. 그와 어울리지 않는 곳이긴 했지만, 메리는 지역복지회관에서 그를 보고도 놀라지 않았다. 그는 온몸을 가리고 있었다. 그가 지금 이곳에 있다면 주유소에는 누가 있는지 궁금해졌다.

그가 책상에 앉아 있는 메리를 발견하고 다가왔다. "저기요," 그가 말했다. "질문 좀 해도 될까요?"

메리는 그의 첫마디가 마음에 들지 않았다. 저기요, 라니. 마치 그녀가 질문을 찔러넣을 수 있는 벽에 난 구멍인 것처럼.

"미리 상담 예약을 잡고 오셔야 해요!" 그녀가 소리쳤다. 목소리에 분노가 담겨 있었다. 야금야금 올라가던 치맛단이 이제 그녀의 다리 앙상한 발목, 종아리 근육, 거친 무릎, 햇볕에 그을리지 않은 허벅지 를 너무 많이 내보이고 있어 끌어내렸다. 출근할 때 입는 옷은 검은색 펜슬스커트 두 벌, 검은색 재킷 한 벌, 반소매와 긴소매의 검은색 블라우스 한 벌씩이 전부였다. 그 옷들은 모든 자리에 잘 어울렸고, 그 외에 다른 옷은 없었다.

그가 주변을 둘러보더니 말했다. "아무도 없는데요."

사실이었다. 하지만 메리는 전문가였다. 이렇게 곧장 걸어와 그녀의 시간을 공짜인 양 누릴 순 없었다.

"저는 전문가입니다, 고객님." 메리가 말했다. "전문가는 상담 예약을 하고 만나죠."

그가 웃었다. "좋아요 그럼. 예약을 잡으면 되죠?"

메리가 일정을 살펴보는 동안 그는 앞에 자리를 잡았다.

"아, 알겠다." 그가 말했다. "검은색 옷은 죽음과 세금을 뜻하는 것이로군요."

메리는 그의 말을 무시했다.

"내일 아침 아홉시 어떤가요?" 그녀가 그에게 명함을 건네며 말했다.

"하지만 난 지금 여기에 있는데요."

"맞습니다, 고객님."

"그럼 뭐가 문제죠?"

"문제는 없습니다. 말씀드린 대로 예약을 잡지 않으셨으니까요."

그는 재미난 듯 보였다. "당신 같은 사람은 처음이에요."

메리는 그 말이 칭찬인지 아닌지 궁금했다. 그리고 그저 보이는 사실을 말한 것에 불과하다고 결론지었다. 주유소에서 일하는 당신이 어떻게 나 같은 사람을 만날 수 있었겠어? 그녀는 생각했다.

"이제 가시면 됩니다." 메리는 손가락으로 책상 위에 작은 원을 그리며 말했다. 경계를 그을 필요가 있었다.

그는 체포될 준비를 하는 듯 두 손을 올리고 말했다. "이봐요, 난 당신이 맘에 들어요. 날카롭고. 정말 터프하고. 내일 봐요." 그는 자리에서 일어나 걸어나갔다.

메리는 그날 밤 집으로 오면서 주유소를 지나가지 않아도 된다는 사실이 기뻤다. 일부러 도로의 과속방지턱 세 개를 넘었다. 천천히 나아가면서 상승과 상승과 상승과 하강을 느꼈다. 차가 점점 더 튀어올라 즐거웠다. 눈은 천장을 향하고, 턱은 힘이 풀린 채 벌어졌다.

집에 도착했는데 배가 고프지 않았다. 샤워를 하고 머리를 감은 뒤 유일한 신발에 광을 냈다. 어린 시절부터 가지고 있던 책 한 권을 읽었다. 괴물에 대한 내용이었지만 전혀 무섭지 않았다. 네 살쯤에는 야수가 되고 싶었다. 메리는 으르렁거리면서 가슴을 쿵쾅쿵쾅 쳤고 여자아이가 그러면 안 된다고 말하는 사람은 없었다. 그녀는 추하고 더 추하고 아주 더 추해질 수 있었다. 책을 방 저편으로 집어던졌다. 마치 멍처럼, 벽에 어두운 자국이 남았다. 괴물이 된다는 건 일종의 야수가 되는 것. 가장 보잘것없는 풀잎까지, 모든 게 전율하는 걸 보는 것. 그녀는 야수가 되고 싶었다.

다음날 아침 메리는 흑발을 차분하게 빗고, 두 손가락으로 립스틱을 살짝 찍어 뺨에 톡톡 두드렸다. 같은 방법으로 입술에도 펴발랐다. 옷차림은 온통 검은색이었다. 검은색 펜슬 스커트와 긴소매 블라우스.

끝없이 펼쳐진 하늘은 견딜 수 없을 만큼 회색빛으로 물들더니 사방에 비를 뿌렸다. 메리가 지역복지회관에 도착한 시각은 여덟시 십오분이었다. 책상에 앉기 전에 화장실에 들렀다. 칸이 많고 깨끗하고 밝았다. 메리는 세면대 옆에 걸터앉아 치마를 걷어올리고, 다리를 살짝 벌려 안으로 손을 뻗었다. 그녀는 눈을 감았다. 등이 활처럼 휘었다. 손가락을 입으로 가져가 이로 가만히 물었다. 숨죽인 채 기쁨의 신음을 내뱉었다. 형광등 불빛이 그 광경을 적나라하게 비췄다.

잠시 후 그녀는 책상에 앉아 노트북을 열고 예약 목록을 살폈다. 주유소 남자의 이름은 평범했다. 전화번호부에서 그 이름을 찾아보면 셀 수도 없을 터였다. 누구나 그 이름을 가진 사람을 적어도 한 명은 알고 있었다.

갈색 정장이 눈에 들어왔다. 중고가게에서 산 옷이 틀림없었다. 옷깃이 넓었다. 다른 시절에 다른 사람이 입던 옷이었다.

"상담 예약을 잡았는데요." 그가 말했다.

"자리에 앉으시죠." 메리는 책상에 팔꿈치를 얹고 등을 곧추세웠다. 대부분의 사람들은 그녀의 얼굴 혹은 그녀 뒤에 있는 벽을 응시했다. 주유소 남자는 그녀의 모든 것을 흡수했다.

얼마 뒤 일은 끝났고 그는 떠났다.

메리는 빗속으로 발을 내디디고 마음을 안정시키려 익숙한 것을 찾고자 했다. 무언가 흐트러졌다. 모든 것이 축축하고 후덥지근했다. 비를 피해 차양 아래로 뒷걸음질치자 작은 흙무더기가 눈에 띄었다. 중앙에는 구멍이 나 있었다. 입구 겸 출구. 메리는 발아래에 있을 연결망을 머릿속으로 그려보았다. 그것이 영원히 뻗어나가는 모습을 그려보았다. 그런 연결망이 자신에게는 닿지 않는다는 사실이 싫었다. 개미들, 그리고 혼자서는 들 수 없는 것을 함께 들어올리는 비밀스러운 세계. 메리처럼 혼자 일하는 개미는 한 마리도 없었다. 그녀는 발을 올려 흙무더기를 쓸어버렸다. 그 자리에 아무것도 없던 것처럼. 개미들은 다시 세울 것이다. 함께. 그것이 그들의 마법이었다.

메리는 아파트에 도착해 엘리베이터의 오층 버튼을 눌렀다. 엘리베이터가 움직이는 속도가 마음에 들지 않았다. 덜덜거리다 갑자기 덜컥하더니 느릿느릿 기어올라갔다. 계단으로 걸어올라가는 게 더 빨랐을지도 몰랐다.

메리는 자신이 왜 그곳에 있는지 알 수 없었다. 그저 그러고 싶었을 뿐이었다.

엘리베이터가 도착하고, 알림음이 땡 울렸다. 꼭 데스크의 호출벨 소리 같았다. 그녀의 검은색 신발이 또각또각 나아가다 멈추자 그의 아파트 문이 열렸다. 그가 저녁식사를 차려 놓았다. 그는 모든 걸 설명했다. 모든 게 달콤하고 부드럽고 사랑스러울 거라고 말했다. 그러고는 그녀를 사랑하지 않는다고 말했다. "거짓말일 테니까요." 그가 말했다. "난 감정을 좋아하지 않아요."

저녁식사를 마치자 그림이 눈에 띄었다. 그는 검은색 물감으로만 그림을 그린다고 말했다. 커다란 캔버스들이 벽에 기대어져 있었다. 가까이 가기 전에는 모든 그림이 똑같다고 생각했다. 그림들에서 눈에 띄는 것은 붓터치였다. 붓터치 하나하나가 특별하고 독특했다. 메리는 그림을 빛에 이리저리 비춰보며 어디서 획이 바뀌고, 어디서 두꺼워지고, 어디서 빙글 도는지, 어디서 시작하고 끝나는지 보았다.

집에 가려는데 그가 침대에 가만히 앉아 있는 게 보였다. 메리가 뭔가를 하길 기다리는 것 같았다. 그래서 그녀는 남았다.

한동안 그는 부드럽고 달콤하고 사랑스러웠다. 그와 함께 있으면 메리는 그의 동공만 바라보았다. 세상도 작은 마을들도 사라져갔다. 오늘이 며칠이고 지금이 몇시인지, 해가 어디쯤 떠 있는지, 아니 떠 있기나 한지, 메리는 전혀 몰랐다. 그녀에게는 그만 보였다.

"안에 머물고 싶어요." 그가 말했다. 그는 메리 안에 계속 머물렀고, 그의 몸은 그녀의 몸 중앙에서 자라나는 부속물이 되었다.

잠시 후 그가 말했다. "난 당신을 사랑하지 않아요." 메리는 아무 말도 하지 않았다. 그의 눈동자가 회색이라는 걸 이제야 알아차렸다. 그 안에는 그녀가 없었다. 그녀는 사랑에 대해 아무것도 말하지 않았고, 그에게 사랑에 대해, 혹은 그가 어떻게 느끼는지에 대해서도 묻지 않았다. "거짓말을 하는군요." 그녀가 말했다.

그가 말했다. "말도 안 돼요."

사랑에 대해 거짓말하는 사람과 당신을 사랑하지 않는 사람의 차이는 무엇일까? 차이는 없다.

그날 밤 메리는 짐을 싸서 마을을 떠났다. 그녀가 그곳에 살았는지, 그곳에서 무슨 일이 있었는지는 아무도 모를 것이다. 하지만 그건 중요하지 않았다. 그녀는 자신이 그에게 어떤 의미인지 알았다. 그녀로 인한 공허함은 점점 커질 터였다.

저멀리 있는 것

벽에 핀 곰팡이는 바닥 부근의 검은색 작은 점에서 시작됐다. 아무 조치도 취하지 않자 곰팡이는 천장까지 퍼져나갔다. 마치 검은색 민들레로 뒤덮인 들판처럼 보였다. 누군가 내게 어디 출신이고 어디서 자랐는지 물으면 나는 그 장면이 떠오른다.

부모님과 나는 구불구불하고 긴 진입로와 잘 가꾸어진 잔디가 있는 삼층 주택들이 늘어선 가로숫길 모퉁이에 살았다. 그 삼층 주택 중에 우리집은 없었다. 우리는 큰길 첫번째 건물에 있는 지하 단칸방에 살았다. 동네를 가로지르는 길 초입, 무성한 초록빛 나무가 보이기 전이었다. 부모님은 거실 바닥에 얇은 스펀지 매트리스를 깔고 잤다. 매일 아침 출근하기 전 매트리스를 종잇장처럼 네 번 접어 신발장 안에 넣었다. 내게는 방이 있었다. 내 방의 창문은 주차장을 향해 나 있었고 보이는 건 두 가지뿐이었다. 차 전면의 헤드라이트 혹은 후면의 배기관.

같은 건물에 친구 케이티가 살았다. 하지만 그 집에는 발코니가 있었고 창밖 풍경도 달랐다. 우리는 등하교를 함께했지만 나는 케이티를 집에 초대한 적이 없었다. 부모님 방이 없다는 걸 보여주고 싶지 않아서 항상 내가 그애의 집으로 갔다. 케이티는 고등학생 오빠가 둘 있었다. 그 오빠들은 축구를 했고 항상 여자친구들이 많았다. 건물 계단통이나 거실 소파에서 진한 스킨십을 나눴다. 케이티의 아빠에 대해서는 아는 바가 없었다. 그저 그가 집에 없다는 것만 알았고, 그래서 아빠에 대해 물어보면 안 될 것 같았다. 케이티의 엄마는 우리 아빠와 같은 공장에서 일했다.

아빠는 내가 케이티의 집에 가는 걸 좋아하지 않았다. 그는 말했다. "방과후에 그 집에 가지 않았으면 좋겠구나. 그렇게 여자친구와 물고 빠는 남자애들이랑 어울리지 않았으면 해. 네가 이상한 생각은 안 했으면 좋겠어." 아빠가 몰랐던 건 나도 이미, 언제나 이상한 생각을 한다는 사실이었다. 단지 아무도 나와 뭐든 함께하는 데 관심이 없었을 뿐. 아빠는 케이티 가족이 보잘것없는 사람들이고 내가 그들과 가까이 지내면 나도 보잘것없는 사람이 되리라 생각했다.

아빠는 항상 삶이 마치 엎지른 물인 양, 앞으로 일어날 일에 대해 생각하거나 손쓸 겨를도 없이 흘러갈 것처럼 이야기했다. 다시는 서로 만나지 못할 테니 지금 모든 걸 말해야 할 것처럼 굴었다. 내가 그를 보며 눈을 굴려도 아빠는 계속 말을 이어갈 뿐이었다. 이야기는 언제나 케이티와 내가 얼마나 다른지, 케이티가 가진 것을 나는 결코 갖지 못하리라는 내용으로 돌아왔다.

말은 그렇게 했어도 아빠는 케이티가 가진 것을 내게 준 적이 있었다. 하루는 내가 케이티 방에 있는 분홍색 벽이 얼마나 좋은지 이야기했다. 그 이야기를 멈출 수가 없었다. 그러자 아빠가 밖으로 나가 빨간색 페인트 한 통과 흰색 페인트 한 통을 사 왔다. 분홍색 페인트는 인기가 많아 가게에서 페인트를 섞어 직접 제조했기에 더 비쌌다. 아빠는 빨간색 페인트에 흰색을 소량 넣고 휘저었다. 벽에 막 발랐을 때는 분홍색으로 보였지만 마르고 나자 짙은 분홍으로 변했고 페인트가 잘 섞이지 않은 곳마다 붉은 얼룩이 져 있었다. 페인트로는 곰팡이를 전부 가릴 수 없었다. 나는 그것에 대해서는 아무 말도 하지 않았다. 단지 그 짙은 분홍색 점들을 바라보고 혼자 웃곤 했다. 어쨌든 내게는 나만의 방이 있었고 아빠는 노력하고 있었다.

아빠는 매니큐어 공장에서 일했다. 그는 바닥 청소부터 시작했다. 청소를 하며 작업대의 노동자들 뒤에 서서 매니큐어 병에 라벨을 붙이는 걸 보았다. 아주 어려워 보이지는 않았다고, 그는 말했다. 공장이 인원 감축 뒤 남은 노동자들에게 예전보다 적은 월급을 제안하자, 많은 이가 그만뒀다. 갑자기 작업대에 공석이 생겼다. 그래서 아빠는 그중 한 자리에 지원했고 그 일을 얻었다. 엄마에게도 그곳의 일자리를 얻어줬다. 작업대에서 일하는 이들이 아무리 적은 돈을 받는다고 해도 아빠가 청소로 버는 것보다는 많은 돈이었다. 부모님은 그 일을 사랑했다. 근무시간이 길긴 했지만 안정적인 직장이었고 주말에 쉴 수도 있었다.

한번은 같은 작업대에서 일하는 남자가 휴식시간에 다가오더니 아빠의 작업 속도와 주변의 물건을 주워담는 모습을 흉내내면서 아빠가 일하는 방식에 대해 얘기하더라고 했다. 아빠는 그걸 칭찬으로 생각했다. 그래서 그게 최고의 방식이라는 것에 동의하기 위해 바닥의 물건을 주워담는 시늉을 했다. 그는 공장에서 누군가 손으로 눈을 찢고 깔깔거리며 지나가는 대신 말을 걸어주었다는 사실에 행복해했다.

감독이 속도를 따라오지 못하는 노동자 몇 명을 더 해고하고 나자 그들은 아빠에게 바짝 다가와 면전에 대고 어떤 단어를 말하기 시작했다. 꼭 침을 뱉는 소리처럼 들리는 단어였다. 그 말을 하려면 공기를 아주 많이 뱉어야 했지만 침이 그의 얼굴에 튄 적은 없었다.

아빠는 동료들이 그를 부르는 말이 뭔지 내게 물었다. "티프*. 그게 무슨 말이니?" 나는 말해주고 싶지 않았다. 그가 계속 자신의 일을 좋아하고 지금처럼 목표의식과 자부심을 가지고 아침에 눈을 뜨길 바랐다. 그래서 한 번도 들어본 적 없는 말이라고 답했다. "우리가 해야 할 일이라곤 열심히 일하는 것뿐이야. 그게 다야, 열심히 일하기." 이렇게 말하는 아빠의 눈을 보지 않으려 나는 눈을 돌리고 말았다.

학교에서 집으로 오자마자 케이티와 나는 통화를 하며 서너 시간을 보내곤 했다. 멀리서 들려오는 가족들의 소리를 배경으로 우리는 사소한 것부터 시작해서 전부 다 이야기했다. 모든 수업을 함께 듣긴 했지만, 당시 우리는 작가가 되고

* thief, '도둑'이라는 뜻.

싶었기에 자세한 하루일과를 얼마나 잘 이야기할 수 있는지 확인하는 걸 좋아했다. 우리는 같은 반의 예쁜 여자아이들에 관해 이야기했다. 그애들이 뭘 입었고, 머리 스타일은 어떠하며, 어떻게 웃는지를. 그리고 그들 중 한 명이 말을 걸어오면 우리는 암호라도 풀 듯 모든 대사를 곱씹으며 그들이 어느 부분을 강조하고 어디서 말을 멈추며 어디서 웃는지 파헤치곤 했다.

결국 대화는 부자가 되면 어떤 느낌일까 하는 것으로 흘러갔다. 우리는 부자들이 어떤지 이미 봐서 알고 있었다. 쓰레기 버리는 날 아침마다 그들은 집에서 나와 쓰레기통을 길가 연석으로 끌고 갔다. 자기 소유의 쓰레기통이 있고 자기 소유의 연석으로 걸어갈 수 있다는 사실이 믿기지 않았다. 우리는 쓰레기를 복도 끝에 있는 아주 작은 벽장으로 가져가서 그 안의 구멍으로 떨어뜨려야 했다. 케이티와 나는 누군가 뒤로 바짝 다가와 그 구멍 속으로 우릴 밀기라도 할까봐 두려워했다. 가끔은 쓰레기를 가지고 나가기 전에 서로 전화를 걸어 알렸다. "내가 실종된다면 무슨 일인지는 네가 알 거야." 케이티는 말하곤 했다. 가끔 쓰레기 투입구로 함께 가서 번갈아가며 서로를 구멍 쪽으로 미는 장난을 치기도 했다. 너무 세게 밀지는 않았다. 그저 잠시 두려움을 느끼고 금세 잊어버릴 정도로만.

우리가 사는 건물 이층에는 무직의 한 남자가 살았다. 그는 온종일 창가에 앉아 담배를 피웠다. 나와 케이티가 학교를 마치고 집에 오는 걸 볼 때마다 그는 소리를 질렀다. "어이 얘들아, 섹시이이하네." 그러고선 농담이라는 듯이 깔깔댔다. 내가 겁먹는 걸 보면 더 크게 깔깔댔다. 나중에는 "어이 얘들아"도 아예 생략해버렸다. "섹시이이하네." 나는 머리 위 창문에서 벌겋게 타오르는 주황색 점을 보는 게 싫었다.

케이티는 내가 그를 얼마나 무서워하는지 알았다. 그애는 무시하라고 했지만, 나는 케이티 같지 않았고 도무지 그를 무시할 수 없었다. "걱정 마." 케이티가 말했다. "내가 처리할게." 나는 그애가 아무것도 하지 않길 바랐다. 그는 성인 남자였다. 우리 둘의 힘을 합친 것보다 강했다.

다음날 오후, 건물에 이르러 그가 "섹시이이하네"라고 하는 게 들리자 케이티는 그를 올려다보고 소리쳤다, "우린 열두 살이야! 소름 끼치는 자식!" 그애가 뭔가를 말했기 때문에 나도 말해야 할 것 같았다. 그래서 나는 소리쳤다. "그걸 잘라버리겠어! 그때도 섹시란 말이 나오나 보자!" 우리는 재빨리 건물 안으로 달려들어가 계단통에서 미친듯이 깔깔거렸다.

나는 그 웃음소리가 좋았다. 계단통에서 소리가 울리는 바람에 우리의 웃음소리가 곱절은 더 크게 들렸다.

학교는 우리가 사는 건물에서 도보로 사십오 분 거리였다. 끔찍할 만큼 추울 때가 아니면 거의 버스를 타지 않았다. 설사 그렇게 추울 때라도 버스비 50센트를 마련하지 못하면 걸어가야 했고, 거의 항상 50센트를 요구하는 건 100만 달러를 요구하는 거나 다름없었다. 없는 건 그냥 없는 것이다. 한번은 내가 버스비를 달라고 하자 내게 교훈을 주기 위해 아빠가 이렇게 말했다. "50센트 버는 게 얼마나 힘든지 아니? 밖에서 1센트라도 찾아봐라." 그래서 나는 그렇게 했다. 밖에 나가 땅바닥을 샅샅이 뒤져 동전을 찾아보았지만 아무것도 발견하지 못했다. 집으로 돌아온 나는 한마디도 하지 않았다. 1센트도 발견하지 못한 터라 50센트를 버는 게 얼마나 힘든지 이해할 수 있었다. 하지만 그날 밤 잠자리에 들었을 때 베개 아래에서 차가운 게 느껴졌다. 반짝이는 25센트 동전 두 개였다.

우리가 사는 건물 뒷골목에는 굵은 철사를 엮어 만든 울타리가 있었다. 그리고 울타리 뒤에는 우거진 푸른 숲이 있었다. 그 숲이 길 저편의 근사한 집들과 우리집을 갈라놓았다. 케이티의 발코니에서 보면 숲을 가로지르는 개울은 꼭 가르마처럼 보였다. 우리는 철망 울타리를 붙잡고 기어올라 반대편으로 넘어가곤 했다. 그런 다음 잔디 위에 누울 만한 곳을 찾아 서로에게 눈앞의 풍경을 묘사했다. 집에 가기 싫어서 시간을 때우고 싶을 때면 그곳으로 갔다.

숲에 있던 어느 날 케이티는 그곳에서 경찰이 시체를 발견했다고 말해주었다. 우리 또래의 여자애였다.

"시체 본 적 있어?" 그애가 물었다.

나는 장례식에서 본 할머니를 떠올렸다. 할머니는 잠든 것처럼 아주 평온해 보였다. 케이티에게 그 얘기를 하자 그애가 말했다. "응, 그건 자연스러운 죽음일 때지."

케이티는 양팔과 양다리를 활짝 펼치고 누웠다. 멍한 표정으로 하늘을 빤히 쳐다보았다. 꼼짝도 하지 않고 아무 말 없이 십 분 정도 그대로 누워 있었다. 그늘에서 그애의 피부는 파랗게 보였고 쇄골은 더욱 돋보였다. 나는 그 조용함, 혹은 숲속에 홀로 남겨진 듯한 느낌이 싫었다. 머리 위를 맴도는 나무들이 사람처럼 보였고 나를 향해 가지들을 뻗어오는 것처럼 느껴졌다.

"케이티! 그만!" 나는 소리쳤다. "일어나!"

그애는 움직이지 않았다.

나는 케이티의 다리를 찼다.

그애는 웃기 시작했다. 누군가 자기를 간질이기라도 하듯 작고 부드럽게 키득거렸다. 그러더니 큰 비명을 내질렀다. 비명을 지르고 또 질렀다. 그애의 얼굴이 점차 붉게 달아올랐고 나도 함께 비명을 지르기 시작했다. 우리는 간간이 튀어나오는 웃음을 억눌렀다. 함께 소리를 지르는 우리야 그게 장난인 걸 알았지만, 누군가 그 비명을 들었다면 어떻게 생각할지 상상해보았다.

"겁먹었구나, 그치." 드디어 비명을 멈추고 케이티가 말했다.

"왜 그랬어?"

"그냥 네가 어떻게 하는지 보려고. 비명을 질러도 아무도 안 오는 거 봤지? 넌 혼자야." 그애의 말은 아빠가 들려주곤 하는 삶에 대한 교훈과 아주 비슷하게 들렸다.

케이티가 말을 이었다. "누군가 그 여자애 몸을 여기다 버렸어. 그게 나일 수도 있었어. 신문에서 여자애 사진을 봤어." 그러고 나서 케이티는 바닥에 앉아 옷에 붙은 나뭇잎을 떨어냈다. 그애가 다시 웃으며 말했다. "가자, 어두워지겠어."

우리는 집으로 향했다. 그런데 케이티가 다시 한번 걸음을 멈추더니 내게 가만히 서 있으라고 했다. 그러곤 어깨에서 빨간 책가방을 풀고 주머니 지퍼를 열더니 손을 집어넣었다. 그애는 두꺼운 회색 책을 내게 건넸다.

사전이었다.

학교 도서관에 갈 때마다 나는 사전을 바라보았다. 일 년 내내 쳐다보았다. 훔칠까 생각도 해봤지만 너무 무서웠다.

케이티가 말했다. "자, 너 이거 갖고 싶어했잖아. 그러니까 여기." 그애가 사전을 내밀었다. "가져가."

나는 가방에 사전을 넣고 재빨리 지퍼를 채웠다. 그러고는 무슨 이유에선지, 우리는 누가 쫓아오기라도 하는 것처럼 철망 울타리로 달려가며 비명을 질렀다. 우리가 사는 건물에 다다르자 서로 한마디도 나누지 않고 각자의 길을 갔다.

얼마 지나지 않아 케이티와 나는 연락이 끊겼다. 그애의 엄마가 매니큐어 공장에서 승진을 해서 다른 동네로 이사갔다. 아마 그래서였을 것이다. 어쩌면 고등학교 때문이었을지도. 나는 그 문제에 대해 고심하지 않았다. 원래 그런 거니까. 우리는 서로를 잃거나 서로를 알던 방식을 잃어버리기 마련이다.

하지만 그 이전에, 우리가 함께 보낸 마지막 시간에, 우리는 그애 집의 발코니에 서서 석양을 바라보았다. 처음 보는 광경이었다. 우주에서 지구가 배열되는 방식과 관련이 있었다. 보기 드문 행성의 배열이라고들 했다. 태양은 커다랗고 눈이 부셨다.

나는 그애에게 말했다. "가까워 보인다, 그치? 걸어가서 만져볼 수 있을 것만 같아."

그애는 앞으로 몸을 기울이더니 허공에 손짓했다.

내가 그 시절과 케이티에 대해 생각하게 된 이유는 그애를 다시 본 것 같기 때문이다. 나는 횡단보도에 서 있었다. 시내에 있는 사무실 청소 야간근무를 마치고 퇴근하는 길이었다. 그애는 길 건너편에 서 있었다. 그애가 걷는 모습—어깨를 펴고 시선은 앞을 향한 채 확신에 찬 걸음—을 보고 나는 그애가 잘살고 있음을 알 수 있었다. 그애는 펜슬 스커트에 짙은 색 블레이저를 입고 서류 가방을 들고 있었다. 나와 알고 지내던 시절과 똑같아 보였다. 단지 몸이 자랐고, 영향력 있는 책임자의 위치에 서게 됐을 뿐이었다.

그애에게 달려가 결혼을 했는지, 아이가 있는지, 행복한지 묻고 싶었다. 하지만 내가 물어보면 그애도 내게 같은 질문을 던질지도 몰랐다. 나에 대해 말하고 싶지 않았다. 작업복과 작업용 신발 차림의 나를 보지 못했으면 했다. 가끔 사람들은 무언가 해명해야 할 듯 부담스러운 시선으로 바라보곤 한다.

나는 케이티와 그애의 가족이 떠난 바로 그 건물에 있는 집에서 여전히 나를 기다리는 아빠를 떠올렸다. 그에 대해서도 별로 해명하고 싶지 않았다. 신호등이 바뀌고 나는 케이티가 사람들 무리를 앞질러 걸어가는 모습을 보았다.

집에 도착하자 아빠는 야간근무는 어땠는지, 오늘 작업은 괜찮았는지 물었다. 그러고는 이렇게 말했다. "앉아서 먹으렴."

나는 그가 케이티에 대해 잘못 알고 있다고 말하고 싶었다. 그애는 보잘것없는 사람이 아니었다. 케이티와 나는 친구였다. 그것도 좋은 친구. 그때의 일들과 그때 남은 기억은 내게 소중했다고 말하고 싶었다. 하지만 아빠는 또다시 벽에 곰팡이가 피었다고, 손쓸 수 없는 상태가 되도록 그걸 여태 내버려두었느냐는 얘기를 꺼냈다.

지렁이 잡기

그날 아침을 기억한다. 눈을 떴을 땐 너무 어두웠다. 나를 깨운 건 엄마였다. 내 방에 들어와서는 이제 나도 약간의 여윳돈 정도는 벌 수 있을 거라고 말했다.

엄마가 자신이 일하는 돼지 농장 일자리를 내게 얻어주었다. 엄마는 진청색 운동복을 입었다. 그러고는 내게도 비슷한 운동복 상하의를 던지며 입으라고 말했다. 엄마가 현관문을 잠그는 동안 나는 계단에서 기다렸다. 그녀는 내게 라벨이 벗어진 수프 깡통 두 개를 건넸다. 깡통 안에는 생쌀이 담겨 있었다. 나는 이게 다 뭔지 물어볼 생각조차 하지 못했다. 그저 잠이 덜 깬 몽롱한 채로 깡통을 들고 따라갔다.

나는 엄마와 둘이서 차에 탔고, 엄마가 차를 몰아 돼지 농장으로 갔다. 그녀는 운전을 좋아했다. 면허증을 취득한 지 얼마 되지 않은 상태였다. 시험에 네 번이나 떨어졌지만 합격할 때까지 포기하지 않았다.

엄마의 차는 이웃에게서 산 것이었다. 이웃의 딸이 멀리 떨어진 대학에 합격해서 차를 가지고 갈 수 없게 되었던 것이다. 그 차는 밝은 오렌지색의 젤리빈 모양이었다. 엄마에게는 필요없었지만 창문에 선팅이 되어 있었다. 엄마는 라디오도 켜지 않고 정적 속에서 차를 몰았고 헤드라이트가 우리를 어둠 속으로 이끌었다. 나는 찬 공기를 쐬고 정신을 차리기 위해 창문을 내렸다.

새벽 한시에 이런 차림이라니, 엄마는 대체 무슨 일을 구한 걸까. 한 친구에게 들은 바로는 돼지 농장엔 항상 일거리가 있다고 했다. 그런 일을 할 각오가 되어 있다면 말이다. 바닥의 똥을 치우거나 작업대로 데려가기 직전 살아 있는 돼지를 씻기는 일. 혹은 수컷의 몸을 문질러 흥분시킨 뒤 짝짓기를 유도하는 일. 나는 그런 일은 하고 싶지 않았고 엄마가 구했다는 일자리가 그런 게 아니길 바랐다. 하지만 일은 일이다. 그런 일을 한다고 해서 우리의 존엄성이 사라지는 건 아니다.

농장에서의 첫날은 잘 흘러가지 않았다. 무엇 하나 제대로 해낸 게 없었다. 내가 맡은 일은 생각보다 쉽지 않았다.

여자는 나와 엄마 둘뿐이었다. 남자가 열댓 명 정도 있었는데 다들 우리처럼 라오스인이었다. '우리'라고 칭하는 이들이었다. 좋았다. 엄마와 함께 갔던 카드놀이 모임에서 본 적이 있는 사람들이었다. 엄마는 그들의 아내들과 주방에서 음식을 만들었다. 함께 둘러앉아 음식을 먹는 밤이면 사람들은 직장과 상사, 고향의 상황은 얼마나 힘든지, 이 나라에는 어떻게 왔는지에 대해 이야기했다. 하지만 아무도 울거나 슬퍼하지 않았다. 모두 함께 웃었다. 슬픈 이야기일수록 웃음소리는 더 커졌다. 항상 경쟁이 붙었다. 훨씬 더 비극적인 이야기와 더 큰 웃음으로 앞 사람을 이기려고 했다. 그러나 돼지 농장에서는 아무도 웃지 않았다. 하나같이 심각한 표정이었다.

들판에서 엄마는 빨간색 불빛이 달린 작은 헤드램프를 써서 양손이 자유로웠다. 그녀는 생쌀이 든 수프 깡통을 꺼내더니 내게 하나를 건넸다. 나는 엄마를 따라해보려고 노력했다. 엄마는 먼저 들판을 훑어보고 다른 일꾼들로부터 멀리 떨어진 자리를 골랐다. 사람들이 시끄럽게 떠든다고 했다.

소리 때문에 지렁이가 도망간다고.

그런 다음 엄마는 쭈그려앉아 깡통을 발치에 내려놓았다. 깡통은 항상 손이 닿는 곳에 두고 앞으로 나아갈 때마다 같이 이동시켰다. 원래는 장갑을 착용해야 하지만 엄마는 착용하지 않았다. 그래야 더 잘 잡을 수 있다고 했다. 엄마는 지렁이 한 마리를 잡을 때마다 손가락 끝을 생쌀에 문질렀다. 손가락이 젖지 않게 하려는 것이었다. 손이 일정하게 찬 온도를 유지해야 한다고 했다. 그렇지 않으면 가까이 가기도 전에 지렁이가 손의 온기를 느끼고 쓰윽 도망간다고.

엄마는 쭈그려앉은 채 앞으로 나아가며 차가운 땅에서 지렁이를 맨손으로 뽑아내 종아리에 헤어밴드로 고정한 스티로폼 컵에 떨어뜨렸다. 모두가 자기 나름의 방식으로 컵을 달고 있었다. 어떤 이는 천이나 고무밴드로 다리에 묶었고 또 어떤 이는 바지 자락에 주머니를 매달기도 했다. 컵 안에는 지렁이가 떨어질 때 받을 충격을 줄일 수 있게 잔디가 깔려 있었다. 지렁이들이 겁에 질려 꿈틀거리다 다치지 않게 익숙한 느낌을 주려는 것이기도 했다. 엄마는 삼십 분 동안 들판을 네 번 왔다갔다했고 이미 여덟 컵의 수확물을 책임자 옆의 스티로폼 상자에 던져넣었다. 책임자는 엄마가 잡은 지렁이를 세고 있었다.

처음에 나는 작업로를 따라 이동하다 깡통을 잃어버리고 말았다. 양손은 점액투성이었고 아무것도 손에 잡히지 않았다. 깡통을 찾느라 시간을 허비하다가 마지막으로 작업하던 위치마저 잊어버리고 말았다. 나는 계속 허리를 굽히고 있지 않고 잡을 때마다 몸을 일으켰는데, 손을 다시 땅에 뻗었을 땐 지렁이가 모두 도망친 뒤였다. 지렁이들은 내가 다가오는 소리를 들었다. 그래서 나도 엄마처럼 쭈그려앉은 채로 있으려고 노력했다. 하지만 한 무리를 발견해 손으로 끄집어내면 한번에 매끄럽게 나오지 않았다. 지렁이들은 온전하지 못하고 조각나 있었다. 너무 세게 당겨 끊어진 것이었다.

지렁이를 충분히 많이 잡는 가장 쉬운 방법은 서로 뒤엉킨 채 교미중인 지렁이 무리를 찾는 것이었다. 그런 무리를 하나 발견하면 속도가 관건이었다. 그 아래 지렁이들이 땅속으로 다시 기어들어가기 시작하기 때문이었다. 하지만 엄마는 그런 지렁이들까지 잡아냈다. 다시 땅속으로 들어간 지렁이들이 손안에 완전히 들어올 때까지 충분히 시간을 들여서, 천천히 그리고 차근차근 잡아당겼다. 엄마의 스티로폼 컵은 끊어지지 않고 온전한 지렁이들로 금세 채워졌다.

나는 손에서 느껴지는 지렁이의 감촉이 싫었다. 너무 차갑고 끈적거렸으며 생살 같기도 했다. 살아 있다는 걸 너무도 쉽게 알 수 있었다. 지렁이는 쉴새없이 슬그머니 기어나가 도망쳤으며 방금 내가 잡은 지렁이와 같은 녀석인가 싶을 정도로 몸을 길게 늘였다. 손에서 팔딱거리고 고동치고 간질이는 게 느껴졌다. 지렁이의 머리 혹은 꼬리가 내 손을 찔렀다. 내게는 머리나 꼬리나 똑같아 보였다. 어디가 머리고 꼬리인지 구분할 수 없었다. 나는 비명을 지르고 싶었다. 너무 역겹다고 소리지르며 땅에다 던져버리고 싶었다. 하지만 사람들 앞에서 엄마를 창피하게 하고 싶지 않았다. 그래서 참았다. 많은 이가 하고 싶어하는 일이었고, 엄마 덕분에 이 일을 얻게 된 나는 운이 좋은 사람이었다.

여전히 어둑한 그날 새벽, 차를 타고 집으로 돌아오는 길에 엄마가 말했다. "재미있지 않았어? 같이 잡는 거." 내가 아무 말도 하지 않자 엄마가 말을 이었다. "첫날이라 아주 잘 되진 않았지, 어?"

엄마가 잡은 지렁이는 수백 컵쯤 되었지만 내가 잡은 건 달랑 두 컵이었다. 나는 컵을 채우는 데 너무 오래 걸렸고 컵 안에 지렁이들이 쌓이면서 먼저 잡은 것들이 짓눌렸다. 지렁이 무게가 그렇게 많이 나간다는 건 몰랐다. 내게는 아무도 돈 주고 사지 않을 죽은 지렁이 한 뭉치가 있었다. 돈을 받고 팔려면 살아 있어야 했다.

"다음에는, 다음에는 더 많이 잡을 수 있을 거야." 엄마가 말했다. "첫날에는 다들 형편없어."

나는 그때 아빠를 떠올렸다. 우리가 이 일을 하는 걸, 지렁이를 잡는 걸 보면 아빠는 무슨 생각을 할까. 뭐라고 말할까. 아빠는 선량한 사람이었다. 아빠를 아는 사람 중 누구도 그에 대해서 나쁜 말을 하지 않았다. 아빠는 내가 아직 어릴 때 세상을 떠났다. 머릿속에 그의 얼굴을 떠올려보려 하지만 잘 떠오르지 않는다. 그가 나를 못난이라고 부르던 게 기억난다. 엄마는 외모를 자만하지 말라고 아빠가 그렇게 부른 거라고 말했다. 공부를 열심히 하고 좋은 직장을 구한 뒤에야 외모를 생각해야 한다고 했다. 그제야 외모가, 나쁘지 않게 생겼다면, 내게 가치 있는 것이 된다고. 하지만 그 순서를 바꿀 수는 없다고.

나는 엄마가 재혼할지 종종 궁금했다. 주변 사람들 대부분은 결혼했거나 만나는 사람이 있었다. 방에서 밤늦게 엘비스 노래 테이프를 듣고 있는 엄마한테 외롭고 슬픈 적은 없었는지 물으면, 그녀는 이렇게 말했다. "내가 어떻게 하면 좋겠니? 백인 남자라도 하나 잡을까? 상상이나 되니. 아마 그들은 나한테서 '당신을 오래 사랑해'*같은 말이나 듣고 돼지처럼 내게 펌프질을 하고 싶어할걸. 난 자존심이 있는 사람이고, 어떤 남자한테도 낮추고 싶지 않아. 차라리 혼자 살고 말지."

나는 응석받이로 자랐다고 할 수 있을지도 모른다. 열네 살이 될 때까지 일을 해본 적이 없었다. 하지만 이제 엄마가 나를 데리고 살기 위해서는 돈이 빠듯해지는 나이에 가까워지고 있었다. 나는 공부를 잘했고 그래서 엄마는 내가 언젠가 대학에 갈 수도 있겠다고 생각했다.

고국에 있을 때 엄마는 학교에 다닌 적이 없었다. 학교에 가려면 돈이 필요했고, 설사 집에 돈이 있더라도 남자 형제에게만 돈을 썼다. "그 돈도 다 낭비한 셈이었지만." 그녀가 말했다. 엄마는 마당에 앉아 닭을 돌보며 흰색 셔츠에 진청색 치마를 입은 여학생들이 학교에 가는 모습을 보곤 했다. 풀어놓은 닭을 모는 게 엄마의 일이었다. 어려운 일은 아니었다. 가족에게 꼭 필요한 일이었다.

"나는 소작농의 딸이었지. 그게 어떤 건지 넌 아무것도 몰라. 진청색 치마와 흰색 셔츠를 입고 싶었어. 하지만 난 입을 수 없다는 걸 알았지. 그렇지만 너는 입을 수 있어. 넌 진청

---

* 아시아계 매춘부들이 호객 행위에 쓰는 말.

색 치마와 흰색 셔츠를 입고 학교에 다니는 여자애가 될 거야. 난 그렇게 못했지만, 내 아이는 그렇게 될 거야. 난 그 사실이 자랑스러워."

나는 대학생들은 교복을 입지 않는다고 엄마에게 말하지 않았다. 엄마가 꿈을 간직하길 바랐다.

매주 토요일 오전, 나는 돼지 농장에 가서 지렁이를 잡았다. 내가 가지 않는 날에도 엄마는 혼자 가서 늘 함께하는 일꾼들과 지렁이를 잡았다. 나는 그 일에 매우 능숙해졌지만, 엄마처럼 하지는 못했다. 엄마는 타고난 재능을 보였다. 그런 재능이 있다면 말이지만. 그녀는 다른 일꾼들과 달랐다. 우선 엄마는 신발을 벗고 맨발로 다니는 유일한 사람이었다. 그녀가 말했다. "지렁이가 고무신 소리를 듣지 못하게 하려고. 지렁이들이 발소리를 듣거든. 맨발로 다니면 발소리가 전혀 안 들려." 때로는 헤드램프마저 끄고 오로지 촉각에 의지해 땅을 파헤쳤다. 굳이 눈으로 보지 않아도 지렁이가 어디에 있는지 알았다. 그렇게 해서 엄마가 잡는 지렁이의 수는 어마어마했다. 엄마는 지렁이를 "땅의 똥"이라고 불렀다. 작업을 마친 뒤 그녀는 이렇게 말하곤 했다. "난 땅의 똥이 너무 좋아."

내가 피곤해하면 엄마는 쉬라고 말했다. 나는 차 안에 앉아 들판에 있는 그녀를 바라보았다. 그냥 보기만 해서는 사람들이 지렁이를 잡고 있다는 걸 알기 힘들었다. 멀리서 보면 어느 부잣집 여자가 다이아몬드 반지를 잃어버리는 바람에 사람들에게 반지를 찾으라는 명령이라도 떨어진 것 같았다. 엄마가 보이지 않아도 나는 걱정하지 않았다. 오래지 않아 모습을 드러내서는 상자에 부리나케 지렁이를 채울 테니까.

시간이 날 때마다 아빠 생각을 했다. 두 살 때 일은 기억하지 못한다고들 하지만 나는 기억했다. 우리는 그저 살고 싶었다. 그 일에 대해 이야기하자면 다시 그 순간으로 돌아가야 한다. 거기에 그가 있었다. 수면 위로 머리만 내놓고 나와 엄마를 강 건너로 밀어내고 있었다. 내가 다시 아빠를 바라보자 그의 머리가 물속으로 가라앉았다. 그는 한번 더 물위로 올라왔다. 입이 벌어진 채였다. 다시 가라앉을 때는 아무 소리도 나지 않았다. 나는 수영을 할 줄 몰랐고 엄마도 마찬가지였다. 하지만 엄마는 나를 데리고 어떻게든 고무 타이어를 꼭 붙든 채 가까스로 강을 건넜다. 나중에 엄마는 내게 아빠가 어떻게 되었는지 보았느냐고 물었다. 나는 못 봤다고 말했다. 엄마가 아는 걸 원치 않았다. 아빠가 말레이시아 어딘가에서 살고 있을 거라고 믿고 싶다. 어쩌면 기억을 잃고 새로운 가족과 살고 있을지도 모른다. 그가 살아가고 있다는 생각만으로도 난 충분하다.

마지막 순간에 그가 뱉은 소리는 소리조차 되지 못했다.

나는 학교 댄스파티에 가고 싶지 않았다. 하지만 엄마는 고집을 부렸다. 인생에서 그런 일들을 놓치면 안 된다고 말했다. 엄마에게는 대단한 일이라는 걸 난 알고 있었다. 그녀는 발랄한 스타일의 분홍색 드레스를 만들어 내게 입힌 뒤 몸에 맞게 수선해줬다.

학교에서 어떤 남자애가 내게 댄스 파트너가 되어달라고 했다. 그의 이름은 제임스였다. 나는 그를 괜찮게 생각했던 것 같다. 함께 듣는 수업에서 그는 내 옆자리에 앉았다. 왜인지는 알 수 없었다. 다른 자리도 비어 있었다. 그는 내 공책 모서리에 헬리콥터를 그려주었다. 이유를 묻자 그가 말했다. "둘이 함께 날아갈 수 있잖아." 나는 그 그림을 지우개로 지우고 펜으로 슥슥 그어버렸다. 밖에 비가 오면 그가 나를 돌아보며 말했다. "비가 와." 마치 비 내리는 걸 보는 게, 그리고 그 사실을 말할 사람이 있다는 게 그의 인생에서 중요한 일이라도 되는 것처럼.

가정 수업 조별과제에서 짝이 되는 바람에 그와 가까이 있을 때가 많았다. 나는 누군가의 파트너가 되고 싶지 않았다. 달걀을 나 혼자 키우고 싶었다. 하지만 제임스는 이렇게 말했다. "너 혼자 키우게 하지 않을 거야." 협동하면 더 높은 점수를 받을 수 있었기에 거부하지는 않았다. 나는 상관없었다. 그저 달걀일 뿐이었고 그 이상은 아니었다.

방과후 달걀 키우기 과제 때문에 제임스는 우리집에 와서 엄마와 이야기를 나누었다. 엄마는 그가 엘비스와 조금 닮았다며 몹시 예뻐했다. 나는 엄마와 제임스가 너무 가까워지지 않았으면 했다. 그가 엄마의 마음을 아프게 하는 건 원하지 않았다. 나는 제임스가 과제를 포기하게 하려고 애썼다. 혼자 달걀을 돌보다가 부주의하게 바닥에 떨어뜨리기도 했다. 나는 그가 나도 과제도 포기하리라 생각했지만 그는 이렇게 말했다. "그건 사고였어. 살면서 그런 일들은 일어나기 마련이야."

그럼에도 나는 제임스가 그렇게 다정하게 구는 걸 원하지 않았다. 그에게 지렁이 잡을 때 입는, 점액으로 얼룩진 작업복을 보여줬지만 그는 조금도 역겨워하지 않고 말했다. "멋지다! 나도 함께 가보고 싶어." 나는 그런 말을 들어본 적이 없었다. 진심으로 지렁이를 잡고 싶어하는 우리 엄마를 제외하고는 그 누구에게서도.

나는 그 일이 전혀 멋지지 않다는 걸 그에게 알려주고 싶었다. 힘들 뿐 아니라 기술이 있어야 잘 잡을 수 있다는 걸 보여주고 싶었다. 제임스는 뭐든 뛰어났다. 나는 그가 실패하는 모습을 보고 싶었다. 상자를 채우느라 고생하고, 지렁이를 어디서 찾는지 헤매다 발로 밟아버리고, 지렁이를 너무 세게 당겨 그의 손안에서 지렁이가 끊어지는 걸 보고 싶었다. 그가 지렁이를 많이 잡지 못했다고 야단맞고, 통제할 수 없는 날씨 같은 것에 그의 생계가 달려 있기를 바랐다.

토요일 새벽 한시에 일어났을 때 제임스는 이미 주방에서 엄마와 커피를 마시고 있었다. 그는 청바지에 파란색 티셔츠 차림이었다. 쌀이 담긴 깡통을 받아들고 그가 말했다. "좋아요. 정말 신나요!"

우리는 차를 타고 농장으로 갔다. 그는 차에서 폴짝 뛰어내렸다. 엄마는 농장 주인에게 이 소년이 따라오고 싶어했다고, 공짜로 일할 거니까 보수는 걱정할 필요가 없다고 말했다. 농장 주인은 그 사실을 마음에 들어했다. 그가 말했다. "이리 와, 네가 뭘 할 수 있는지 보자."

제임스는 머리에 작은 불빛을 달고 일을 시작했다. 하지만 그는 우리 엄마와 꼭 닮아 있었다. 처음 도전한 사람치고 지렁이를 매우 많이 잡았다. 그에게 일을 가르쳐준 사람이 바로 엄마이기 때문이었다. 엄마는 몇 달, 몇 년에 걸쳐 스스로 터득하고 이해한 모든 것을 그에게 공짜로 알려줬다. 엄마는 그를 이끌었고, 그는 열정적으로 따랐다. 지렁이들이 금덩이라고 생각하고 열정적으로 주워담는 것이 그녀의 방식이었으니까.

이곳에서 일하는 남자들은 라오스에서 의사, 교사, 농장주였다. 엄마도 자기 땅을 가진 농장주였다. 밤중에 부드러운 흙 위에 쭈그리고 앉아 얼굴 없는 것들을, 땅의 똥을 찾는 인생을 살던 사람은 아무도 없었다. 지렁이를 잡는 모습에서 그게 느껴졌다. 제임스는 아이 말고는 무언가가 되어 본 적이 없었다. 제임스가 지렁이를 잡는 모습에서는 자유로움이 느껴졌다.

오래 지나지 않아 열네 살의 제임스는 우리의 관리자가 됐다. 농장 주인은 자신을 대신해 일을 관리해줄 사람을 원한다며, 제임스가 영어에 능통하니 그 역할에 적임자라고 했다. 제임스가 처음에 기꺼이 무보수로 일한 것이 인상적이었다고, 모두의 본보기라고도 말했다.

나는 엄마를 살펴보았다. 너무 어두워 아무것도 보이지 않았다. 나는 엄마가 제임스의 자리를 원했다는 걸 알았다. 그녀는 이 일을 사랑했고 제임스보다 훨씬 오랫동안 일했지만, 아무에게도 주목받지 못했다. 한편 제임스는 보수가 좋은 일자리를 얻었다며 기뻐했다. 자신에게 자격이 있는지 없는지에 대해서는 궁금해하지 않았다. 그는 열네 살이었고 상사였다.

차를 몰고 집으로 돌아가는 길에 엄마는 제임스에 대해, 그가 상사가 되는 것에 대해 할말이 많았다. 모든 게 터져나왔다. 그는 더이상 우리와 함께 차를 타지 않았다. 엄마는 그가 농장까지 어떻게 출근할지는 자기가 알 바가 아니라고 했다. 그의 부모가 태워주거나 농장 주인이 직접 데리러 갈지도 몰랐다. "걔네는 서로 돕잖아." 엄마가 말했다. "잘됐지, 안 그래? 내가 데리고 간 망할 자식이 내 일을 가져가다니. 젠장. 망할 자식. 그래놓고 우리가 자기들 일을 뺏어간다고 비난하고. 아, 그거 아니? 그 자리는 내 것이 될 수도 있었어. 내 것! 젠장, 그 녀석이 그걸 채간 거야. 더구나 걔는 돈도 필요 없잖아. 그 돈이 걔한테 왜 필요하겠어? 부모가 다 사줄 텐데. 나한텐 먹여 살릴 자식이 있어. 왜 이렇게 화가 났느냐고? 땅의 똥 때문이야. 땅의 똥."

제임스는 작업 방식을 바꾸기 시작했다. 그는 쌀은 먹는 것이니 낭비해선 안 된다고 했다. 깡통에 있던 생쌀은 톱밥으로 대체되었다. 엄마는 톱밥으로 손을 말리다 가시가 박혔다. 거름 때문에 상처가 감염되어 염증이 심해졌다.

게다가 제임스는 엄마에게 맨발로 다니지 말라고 했다. 그녀는 이제 모든 장비를 다 갖추어야 했다. 고무장화와 장갑, 그리고 머리와 팔을 빼는 구멍이 뚫려 있는 주름진 비닐 자루까지. 그가 말했다. "쓰라고 있는 장비입니다. 그걸 입어야 해요." 엄마는 그렇게 했다. 그녀가 잡는 지렁이 수는 급락했다.

줄어든 마릿수를 메꾸기 위해 엄마는 더 오래 일했다. 한때 그토록 자연스럽던 몸짓을 잊어갔다. 예전과 같은 능숙함과 애정으로 움직일 수 없었다. 엄마가 다가오는 걸 눈치챈 지렁이가 땅속 깊이 들어가는 바람에 잡을 수 없었다. 엄마의 가슴이 무너지는 게 보였다. 한때는 최고였지만 이제 그건 중요하지 않았다. 지금의 저조한 수확량이 그동안 무슨 일이 있었고 무엇이 바뀐 건지 설명해주진 않았다. 오히려 그 숫자 때문에 그녀가 서툴고 게으르다는 말이 나왔다. 하지만 엄마가 그렇지 않다는 걸 나는 알았다.

댄스파티가 열리는 저녁이 왔다. 제임스와 처음으로 지렁이를 잡으러 간 건 불과 몇 주 전이었지만 그동안의 시간이 평생처럼 느껴졌다. 정말 많은 것이 변했고 나는 혼란스러웠다. 나는 농장의 상사 제임스와 등하교를 함께하는 열네 살 남자아이 제임스를 둘 다 알고 있었다. 그 둘은 다른 사람 같았다. 나는 일하며 새로이 발견한 그의 차가운 모습이 다른 무언가로 변하기를 기다렸다. 마치 사랑받기를, 사랑할 사람으로 봐주기를 기다리듯이. 그의 차가운 얼굴이 마음에 들지 않아 그리 오래 쳐다보지는 않았다. 어쩌면 내가 보고 싶어 했던 건 애초에 존재하지 않았을지도 모른다.

댄스파티가 열린 밤, 엄마는 내가 입을 분홍색 드레스를 내 침대에 펼쳐두었다. 제임스가 집에 올 때 그녀는 나가 있을 예정이었다. 카드놀이 모임에 가겠다고 했다. "네 인생에서 뭘 어떻게 하라는 말은 하지 않을게." 엄마가 말했다. "네가 그애와 댄스파티에 가고 싶으면 가. 근데 걔가 집에 온다면, 난 여기 있고 싶지 않아. 넌 내가 어떤 기분인지 알 거야. 그동안의 일을 생각하면 친절해질 수가 없구나. 정말 못 하겠어. 하지만 네게는 인생의 기회가 남아 있잖니. 지렁이를 잡고 이 마을을 떠나. 친절하게 굴어."

제임스는 혼자 왔다. 검은색 턱시도 차림에 머리는 매끈하게 뒤로 넘긴 모습이었다. 그의 검은색 구두는 콘크리트 바닥 위에서 또각또각 소리를 냈다. 그의 손에 분홍색 무언가가 달랑거리고 있었다. 꽃이었다.

나는 불을 전부 꺼두었다. 집에 아무도 없는 것처럼 보였다. 가로등은 스포트라이트 같았다. 앞뜰 잔디가 보였고 그가 불빛 안으로 걸어들어오자 그의 얼굴이 드러났다. 처음에는 작게 보였지만 점점 커졌다. 그의 이마가 점점 더 가까워졌다.

그가 초인종을 울렸다. 다시 한번 울렸다. 몇 분이 지나도 문이 열리지 않자, 그는 문을 쾅쾅 두드리더니 손잡이를 비틀어댔다. 하지만 문은 잠겨 있었다. 제임스가 머리카락을 쥐어뜯자 매끈하던 머리가 흐트러지면서 망가졌다. 나는 문 반대편에서 서서, 어둠 속에서, 그 모습을 보았다. 문구멍의 금색 테두리 안으로 보이는 그를 지켜보았다. 나는 아무것도 하지 않았다. 그가 흐느끼는 소리가 들렸지만. 나는 손가락으로 문구멍을 막고 가만히 있었다. 그가 나의 눈을 보게 하고 싶지 않았다.

How To Pronounce Knife

감사의 말

에비타스 크리에이티브 매니지먼트의 세라 볼린에게 탁월함과 실력, 응원을 보내준 것에 감사합니다. 당신이 없었다면 불가능했을 거예요. 실라 헤티, 헬렌 오이에미, 다이앤 윌리엄스, 매들린 티엔, 하산 알타프, 리틀 브라운 앤드 컴퍼니의 진 가넷에게도 고맙습니다. 기쁨과 격려, 그리고 논리적인 조언을 주신 맥클랜드 앤드 스튜어트의 어니타 총에게 감사드립니다. 블룸스버리의 안젤리크 트란 반 상도 고맙습니다. 이 책의 앞표지를 디자인해준 로런 함스에게도 감사의 마음을 전합니다. 표지의 강렬함과 힘찬 기운이 정말 마음에 듭니다. 크레이그 영, 얼리사 퍼슨스, 이라 부다. 재러드 블랜드, 에린 켈리, 루타 리오모나스에게도 고맙습니다. 베스

폴릿. 꿀랍 빌라이삭. 빈 응우옌. 에런 펙. 도레타 로. 애나 링 카이에게도 감사의 말을 보냅니다. 브라이언 타오 워라, 앤디와 나오미 두보이스, 앤드르 두보이스, 랜디 트래비스도 감사합니다. 존 탐마봉사, 시수반 탐마봉사, 푸크 탐마봉사에게도 고맙습니다. 캐나다예술위원회, 온타리오예술위원회의 작가 프로그램, 오타와대학교의 작가 프로그램에도 감사의 말을 전합니다.

지은이 **수반캄 탐마봉사**
1978년 태국 농카이에 있는 라오스 난민촌에서 태어나 한 살 때 캐나다로 이민해 토론토에서 자랐다. 단편 「나이프를 발음하는 법」으로 2015년 영연방 단편소설상 후보, 단편 「매니페디」와 「파리」로 2016년 저니상 후보에 올랐으며 단편 「슬링샷」으로 2019년 오헨리상을 수상했다. 첫 소설집 『나이프를 발음하는 법』으로 2020년 스코샤뱅크 길러상을 받았다.

옮긴이 **이윤실**
이화여자대학교에서 사회학과 여성학을 공부하고 동 대학 통번역대학원에서 번역학으로 석사학위를 받았다. 옮긴 책으로 『난 사랑이란 걸 믿어』 『안에 있는 모든 것』 『엄마와 내가 이야기하지 않는 것들』이 있다.

문학동네 세계문학
나이프를 발음하는 법

초판 인쇄 2025년 1월 15일 | **초판 발행** 2025년 2월 4일

지은이 수반캄 탐마봉사 | **옮긴이** 이윤실
책임편집 백지선 | **편집** 송원경 정혜림 김혜정
디자인 최윤미 이주영 | **저작권** 박지영 형소진 최은진 오서영
마케팅 정민호 서지화 한민아 이민경 왕지경 정유진 정경주 김수인 김혜원 김예진
브랜딩 함유지 함근아 박민재 김희숙 이송이 김하연 박다솔 조다현 배진성
제작 강신은 김동욱 이순호 | **제작처** 상지사

펴낸곳 (주)문학동네 | **펴낸이** 김소영
출판등록 1993년 10월 22일 제2003-000045호
주소 10881 경기도 파주시 회동길 210
전자우편 editor@munhak.com | **대표전화** 031)955-8888 | **팩스** 031)955-8855
문의전화 031)955-1927(마케팅), 031)955-2684(편집)
문학동네카페 http://cafe.naver.com/mhdn
인스타그램 @munhakdongne | **트위터** @munhakdongne
북클럽문학동네 http://bookclubmunhak.com

ISBN 979-11-416-0833-0 03840

잘못된 책은 구입하신 서점에서 교환해드립니다.
기타 교환 문의 031)955-2661, 3580

www.munhak.com